THE GRASS HARP

풀잎 하프

트루먼 커포티

박현주 옮김

시공사

깊고 진실한 애정을 추억하며
숙 포크 양에게

차례

1

풀잎 하프 이야기를 처음 들은 건 언제였을까? 오래전, 우리가 그 멀구슬나무에 살았던 가을. 초가을이었다, 그때는. 물론 그 이야기를 내게 해준 사람은 돌리였다. 그걸 그렇게 부른다는 걸 알 만한 사람은 달리 없었으니까. 풀잎 하프라고.

시내를 떠나자마자 교회 길로 들어서면 곧 뼈처럼 하얀 석판과 갈색으로 타버린 꽃들이 있는 번쩍이는 언덕을 지나게 된다. 여기가 바로 침례교 공동묘지다. 우리 친척들, 탈보 가와 펜윅 가 사람들이 거기 묻혀 있다. 어머니는 아버지 옆에 누워 있다. 스무 개 남짓 되는 친척들의 무덤은 돌 나무에서 뻗어 나온 뿌리처럼 그 무덤 주위에 모였다. 언덕 아래에선 계절에 따라 색이 바뀌는 기다란 인디언그래스 풀밭이 자라고 있다. 가을, 늦은 9월쯤에 그곳에 가보라. 들판이 석양처럼 붉게 물들고, 불빛 같은 진홍색 그림자가 그 위로 산들거리며 가을바람이 마른 잎사귀를 튕겨 인간의 음악, 하프 같은 목소리를 한숨짓게 하는 계절에.

들판 너머에는 암흑 같은 우즈 강이 시작된다. 아마도 그런 9월 어느 날이었으리라. 우리가 숲에서 식물 뿌리를 캐고 있을 때 돌리가 말했다. 들려? 저게 풀잎 하프야. 언제나 이야기를 전해주지. 언덕 위에 사는 사람, 거기 살았던 사람들의 이야기를 알아. 우리가 죽으면 우리 이야기도 전해줄 거야.

어머니가 죽은 후, 여행이 잦았던 내 아버지는 나를 당신의 사촌 누이들과 같이 살라고 보냈다. 베레나와 돌리 탈보, 자매간인 독신 숙녀들이었다. 그전에는 그들 집에 오라는 허락을 받은 적이 없었다. 아무도 확실히 알 수 없는 이유로, 베레나와 내 아버지는 서로 말도 섞지 않는 사이였다. 어쩌면 아빠가 베레나에게 돈을 좀 빌려달라고 부탁했다가 거절당했는지도 모른다. 아니면 베레나가 돈을 빌려주었는데, 아버지가 갚지 않았던 건지도 모른다. 하지만 두 사람이 척진 원인이 돈 때문임은 확실했다. 두 사람에게 그보다 더 중요한 건 없었으니까. 특히, 마을에서 가장 부유한 베레나에게는 더했다. 드러그스토어, 포목점, 주유소, 식품점, 사무실 건물, 모두가 베레나의 소유였지만 거기서 돈을 많이 벌어들인다고 베레나가 여유로운 여자가 되지는 않았다.

어쨌든 아빠는 다시는 베레나의 집에 발을 들여놓지 않겠다고 했다. 아빠는 탈보 가의 숙녀들에 대해 험담을 늘어놓았다. 아빠가 퍼뜨리고 다니는 이야기 중 하나, 베레나가 자웅동체라는 소문은 끊이지 않았다. 또, 아빠가 돌리 탈보 양을 어찌나 조롱했는지 내 엄마조차도 심하다고 여겼을 정도였다. 엄마는 아빠에게 그렇게 다정하고 남에게 피해 주지 않는 사람을 비웃다니 부끄러운 줄 알라고 했다.

두 분은 서로 무척 사랑했던 것 같다, 내 엄마와 아빠는. 아빠가 냉장고 영업차 출장을 갈 때면 엄마는 울음을 터뜨리곤 했다. 엄마는 열여섯 살 때 아빠와 결혼했다. 엄마는 서른 살까지도 채 살지 못했다. 엄마가 죽던 날 오후, 아빠는 엄마의 이름을 부르면서 자기 옷을 다 찢어버리고 벌거벗은 채로 마당으로 뛰어나갔다.

장례식 다음 날, 베레나가 우리 집에 왔다. 베레나가 우리 집 앞길을 올라오는 모습을 보고 겁에 질렸던 기억이 난다. 꼬치꼬치 마르고 아름다운 여자였다. 싱글shingled 컷의 머리카락은 후추소금처럼 흰머리가 군데군데 섞였고, 눈썹은 까맣고도 약간 씩씩한 느낌을 주었으며, 뺨에 돋은 사마귀는 우아했다. 베레나는 앞문을 열더니 집 안으로 곧장 들어왔다. 장례식 이후로 아빠는 집 안 물건을 다 깨뜨려놓았다. 분통을 터뜨리는 것도 아니고 조용하고도 철저히. 응접실로 느릿느릿 들어가서 도자기 인형을 하나 들어 잠시 물끄러미 쳐다보다가 벽에 내던지는 식이었다. 바닥과 계단엔 깨진 유리 조각이 어지러이 널렸고 식기가 흩어졌으며, 엄마가 입던 잠옷은 구깃구깃해져 난간에 걸렸다.

베레나는 이 잔해를 눈으로 휙 훑었다. "유진, 할 말이 있는데." 베레나가 상냥하면서, 약간 차갑고도 의기양양한 목소리로 말하자 아빠가 대답했다. "그래요, 앉아요, 베레나. 올 줄 알았죠."

그날 오후 돌리의 친구 캐서린 크리크가 우리 집에 와서 내 옷을 쌌고, 아빠는 탈보 레인에 있는 인상적이고도 그늘진 집으로 나를 태워다주었다. 내가 차에서 내릴 때, 아빠는 나를 꼭 껴안으려고 했지만 난 아빠가 너무 무서웠던 나머지 그 품에서 꿈틀꿈틀 빠져나왔다. 이젠 그때 포옹하지 않았던 것이 못내 아쉽다. 며칠 후 아빠가 탄 차는 모빌로 가는 길에 미끄러져서 멕시코 만 150미터 아래로 떨어져버렸다. 내가 아빠를 다시 보았을 때는 두 눈에 은 동전이 놓여 있었다.*

내가 나이치고도 체구가 작다, 꼬마다, 같은 말들을 한 것 빼고는, 이제껏 내게 관심을 기울인 사람은 없었다. 하지만 그때 사람들은 나를 가리키며 쑥덕거렸다. 참 안됐지 않아? 조그만게 불쌍하기도 하지, 콜린 펜윅! 난 가련한 표정을 지으려고 했

*미국에서는 죽은 사람의 두 눈에 동전을 얹는 관습이 있다.

다. 그래야 사람들이 기뻐한다는 것을 알았으니까. 마을 사람들 모두가 내게 크래커잭*을 종이컵 한가득, 아니면 한 상자씩 사 주었고, 학교에서는 처음으로 좋은 성적을 받았다. 그런 까닭에 한참이 지난 후에야 비로소 나는 마음을 가라앉히고 돌리 탈보의 존재를 알아차릴 수 있었다.

그리고 그때 돌리를 사랑하게 되었다.

내가 처음으로 그 집에 갔을 때 돌리가 어떻게 받아들였을지 상상해보라. 소란스럽고 캐묻고 다니기 좋아하는 열한 살 소년. 돌리는 내 발소리만 들어도 휙 도망갔고, 도저히 나를 피할 수가 없다면 수줍음 많은 아가씨 양치식물 꽃잎처럼 몸을 푹 웅크렸다. 돌리는 거기 있는 게 미묘한 우연인 양, 방 안의 물건이나 구석의 그림자로 변신할 수 있는 사람이었다. 소리가 전혀 나지 않는 신발을 신고 치맛자락이 발목까지 닿는 수수한 처녀 같은 드레스를 입었다. 베레나보다도 나이가 많았지만, 돌리는 나처럼 베레나에게 입양된 아이 같아 보였다. 베레나 행성의 중력에 이끌리듯이 우리는 각각 이 집의 외계에서 빙빙 돌았다.

다락방, 베레나의 포목점에서 가져온 오래된 마네킹들이 무시무시하게 들어찬 뒤죽박죽 박물관 바닥에는 헐겁게 빠진 널이 많아서 살짝 들어내면 어떤 방이든 내려다볼 수 있었다. 돌

*팝콘과 땅콩에 당밀을 입혀 만든 미국 과자 이름.

리의 방은 집의 다른 방과는 다르게 음침한 가구들밖에 없었다. 달랑 침대 하나, 화장대 서랍장, 의자 하나가 다였다. 수녀가 살았을 것만 같은 방이었다. 딱 한 가지만 빼면. 바로 벽이 온통 별난 분홍색이라는 것이었다. 심지어 바닥까지도 이 색깔이었다. 내가 몰래 훔쳐볼 때마다, 돌리는 보통 둘 중 하나를 하고 있었다. 거울 앞에 서서 정원용 가위로 그렇지 않아도 벌써 짧은, 노랗고 하얀 머리카락을 쳐내는 일. 그게 아니면 거친 크레스 종이 판 위에 연필로 뭔가 끼적이는 일. 돌리는 연신 혀끝으로 연필을 축였다. 가끔은 갓 쓴 문장을 큰 소리로 읽기도 했다. "설탕 같은 단 음식에는 손을 대지 마세요." "소금을 먹었다간 큰일 납니다." 자, 말하자면 돌리는 편지를 쓰고 있었던 것이었다. 하지만 처음에 내게 이 편지는 수수께끼였다. 어쨌든, 돌리는 친구라고는 캐서린 크리크밖에 없었고 집을 나서는 일도 없었다. 다만 일주일에 한 번, 돌리와 캐서린은 돌리가 달여 병에 담는 부종 약의 성분이 될 만한 약초를 따러 우즈 강에 나갈 뿐이었다. 나중에 나는 이 약을 사 마시는 고객이 전국에 널리 퍼져 있다는 사실을 알게 되었다. 그래서 돌리가 그렇게 많은 편지를 써서 그 사람들에게 보낸다는 것도.

돌리의 방과 복도 하나로 연결된 베레나의 방은 사무실처럼 배치되었다. 뚜껑을 접을 수 있는 롤탑 책상, 장부들이 꽂힌 서가, 서류함. 저녁 식사 후면, 베레나는 녹색 안경을 쓰고 가로등

불빛이 꺼지는 시간까지 책상에 앉아 숫자를 더하거나 장부의 페이지를 넘기거나 했다. 베레나는 여러 사람과 외교적이고도 정치적인 관계를 유지하긴 했으나 절친한 친구는 없었다. 남자들은 베레나를 두려워했고, 베레나 본인은 여자들을 두려워하는 것 같았다. 몇 년 전에 모디 로라 머피라고 하는 금발의 명랑한 아가씨가 베레나와 무척 가까이 지냈다고 한다. 모디는 여기 우체국에서 잠깐 일하다가 결국에는 세인트루이스 출신의 주류 외판원과 결혼했다. 베레나는 이를 몹시 못마땅해하며 이 남자는 아무짝에도 쓸모없는 인간이라고 공공연히 떠들고 다녔다. 그래서 베레나가 결혼 선물로 신혼부부를 그랜드캐니언에 보내주었을 땐 다들 놀랐다. 모디와 남편은 다시 돌아오지 않았다. 이따금 베레나에게 코닥 필름으로 찍은 사진 몇 장만 보내올 뿐이었다. 이 사진은 기쁨이기도 하고 슬픔이기도 했다. 베레나는 장부를 펴 보지 않는 밤이면 이 사진들을 책상 위에 펴두고 이마를 두 손으로 받친 채 앉아 있곤 했다. 사진을 치워버린 후에는 불도 끈 채로 방 안을 서성거렸다. 이윽고 어둠 속에서 어디걸려 넘어지기라도 한 양 아픔에 겨운 쉰 울음소리가 들렸다.

이 다락방에서 부엌을 내려다볼 수 있는 부분은 나를 막는 요새나 다름없었다. 면 솜 곤포처럼 트렁크가 쌓여 있었기 때문이었다. 그때 내가 주로 엿보고 싶었던 곳은 부엌이었다. 그곳은 이 집에선 진짜 거실이나 다름없었고 돌리는 낮에는 주로 친구인 캐서린 크리크와 거기서 수다를 떨곤 했기 때문이었다. 아이였을 때 고아였던 캐서린 크리크를 유라이어 탈보 씨가 고용했고, 그 이후 캐서린과 탈보 자매는 나중에 기차역이 되어버린 옛날 농장에서 줄곧 함께 자랐다. 캐서린은 돌리를 '돌리하트'라고 불렀지만, 베레나에게는 '그 사람'이라고만 했다. 캐서린은 뒷마당, 해바라기와 강낭콩 줄기가 둘둘 감아 오르는 격자 울타리 사이의 작은 은색 양철 지붕 집에 살았다. 캐서린은 자기가 인디언이라고 우겼지만 사람들은 눈을 깜박였다. 캐서린의 피부 색깔은 아프리카 천사만큼이나 검었기 때문이었다. 하지만 모르긴 몰라도, 그 말은 사실일 수도 있었다. 확실히 캐서린은 인디언 같은 옷차림을 했다. 목에는 터키석 구슬 목걸이를 감고 눈이 멀 만큼 벌건 입술연지를 발랐다. 그 연지를 뺨에도 발라서 차 뒤에 다는 등불처럼 번쩍거리기도 했다. 치아는 거의 다 빠지고 없었다. 솜을 채워 넣어 턱 모양을 유지하고 다녔기 때문에 베레나가 이렇게 말할 정도였다. 망할, 캐서린, 제대로 된 소리를 못 내겠거든 크로커 박사한테 가서 얼굴에 이 좀 박아달라고 하지 그러니? 캐서린 말이 알아듣기 힘들다는 것은 사실이었다. 돌리만이 유일하게 친구가 내는 우물거리고 웅얼거리는 소리를 술술 통역할 수 있었다. 캐서린에겐 돌리가 이해해주는 것만으로 충분했다. 두 사람은 언제나 함께 있었고, 할 말은 무엇이든 서로 할 수 있었다. 다락방 들보에 귀를 기울이고 있으면, 오래된 나무 사이로 수액처럼 스며들며 감질나게 떨리는 두 사람의 목소리가 들려왔다.

다락방에 오르려면 리넨 보관장 안에 세워놓은 사다리를 올라야 했다. 그 천장 위가 뚜껑문이었다. 어느 날, 나는 위로 오르다 뚜껑문이 활짝 열려 있는 것을 보았다. 동시에 위에서 나른하고 달콤하게 흥얼거리는 소리가 들렸다. 작은 여자아이들이 혼자 놀 때 내는 예쁜 소리 같았다. 나는 돌아가려 했지만 콧노래가 멈추더니 어떤 목소리가 불렀다. "캐서린?"

"콜린이에요." 나는 모습을 드러내며 대답했다.

눈송이 같은 돌리의 얼굴이 모습을 갖추었다. 처음으로 돌리는 녹아버리지 않았다. "네가 오는 곳이 여기로구나, 우리도 궁금해했었지." 돌리의 목소리는 박엽지처럼 연약하고 바삭거렸다. 돌리는 재능 넘치는 사람의 눈을 하고 있었다. 불씨를 품은, 투명한 눈. 박하 젤리처럼 형광 초록색으로 빛났다. 다락방의 석양 사이로 나를 바라보는 그 눈은 소심하게 내가 어떤 해를 끼칠 마음도 없음을 받아들였다. "여기서 놀고 있었구나, 다락방에서? 베레나에게 네가 외로울 것 같다고 말했었는데." 돌리는 몸을 숙이더니 깊은 통 속을 헤집었다. "자, 여기. 다른 통 속을 들여다보게 좀 도와주렴. 산호 궁전을 찾고 있어. 갖가지 색깔 진주 구슬이 들어 있는 자루랑. 캐서린이 좋아할 것 같거든. 금붕어 어항. 네 생각은 어때? 캐서린 생일 선물로. 이전에 열대 금붕어 어항이 있었거든. 아주 악마 같은 애들이었단다. 서로 막 잡아먹고. 하지만 그거 샀던 때가 기억나. 우린 브루턴까지 100킬로미터 가까운 길을 갔지 뭐니. 이전에는 그렇게 100킬로미터나 간 적 없었어. 다시 갈 것 같지도 않고. 아, 여기 있다. 궁전." 곧이어 나는 구슬을 찾아냈다. 옥수수나 사탕 알처럼 생긴 구슬이었다. "사탕 한 알 먹어요." 나는 말하며 자루를 건넸다. "어머, 고마워라." 돌리는 대답했다. "나, 사탕 좋아한단다. 비록 구슬 맛이 날 때도."

우리는 친구였다. 돌리와 캐서린, 그리고 나. 나는 열한 살이었다가 열여섯 살이 되었다. 어떤 영광도 누리지 않았지만, 아름답던 시절이었다.

난 다른 사람을 집에 데려간 적이 없었고 그리고 싶지도 않았다. 언젠가 여자애를 데리고 영화 보러 간 적이 있었는데, 집에 오는 길에 그 아이는 우리 집에 들러 물 한 잔 마실 수 있겠느냐고 물었다. 그 애가 정말로 목이 마르다고 생각했다면 좋다고 했을 것이었다. 하지만 보통 사람들이 늘 그러듯이 이 아이도 그저 집 안을 보고 싶어서 짐짓 그런 척하는 것임을 알았기 때문에 네 집에 가서 마시는 편이 좋지 않겠느냐고 말했다. 그 애는 말했다. "돌리 탈보가 정신 나갔다는 거 세상 사람들이 다 알

아. 너도 정신 나갔구나." 나는 꽤 그 여자애를 좋아했지만, 어쨌든 밀쳐버렸다. 그랬더니 여자애는 오빠한테 날 손 좀 봐주라고 이르겠다고 했고, 그 오빠는 진짜 그렇게 했다. 바로 내 입꼬리를 코카콜라 병으로 치는 바람에 아직도 흉터가 남아 있다.

나는 안다. 돌리는 베레나가 져야 할 십자가라고 사람들이 수군거렸다는 것을. 또, 사람들 생각보다 탈보 레인에서는 더 많은 일들이 벌어진다고 말하고 다녔다는 것도. 어쩌면 그랬을지도 모른다. 하지만 아름답던 시절이었다.

겨울 오후, 내가 학교에서 돌아오자마자 캐서린은 수선을 떨며 절임 단지 뚜껑을 열곤 했고 돌리는 30센티미터 높이의 커피 단지를 스토브 위에 올리고 비스킷을 담은 판을 오븐에 밀어 넣었다. 오븐을 열면 뜨거운 바닐라 향이 훅 끼쳤다. 단 음식으로 연명하는 돌리는 항상 파운드케이크, 건포도 빵, 쿠키나 퍼지 같은 것을 구웠다. 야채에는 손도 대지 않았고 좋아하는 고기라고는 닭 뇌수뿐이었다. 콩알만 해서 입에 들어갔는가 싶으면 맛도 보기 전에 사라지는 것. 장작 스토브도 있고 열어놓은 벽난로도 있어서 부엌은 소 혓바닥처럼 뜨뜻했다. 겨울이 가장 가까이 와 닿는 곳에선 영하의 푸른 숨결 때문에 창문에 성에가 꼈다. 어떤 마법사가 내게 선물을 주려 한다면, 그 부엌의 목소리들로 가득 찬 병을 하나 주었으면 좋겠다. 하하하 웃는 소리와 불이 속삭이는 소리. 아니면 버터와 설탕, 빵 냄새가 찰랑찰랑하는 병을 하나 주었으면. 비록 캐서린이 봄이 되면 암퇘지 같은 냄새를 풍기기는 했어도. 그곳은 부엌이라기보다 편안한 응접실 같았다. 바닥에는 털실 자수 융단이 깔렸고 흔들의자가 놓여 있었다. 벽에는 돌리가 열성적으로 모으는 고양이 그림이 쭉 걸려 있었다. 1년 내내 꽃이 피고 또 피는 제라늄 화분도 하나 있었다. 유포 식탁 위의 어항에서는 캐서린의 금붕어가 꼬리지느러미를 살랑거리며 산호 궁전의 입구를 드나들었다. 이따금 우리는 직소 퍼즐의 조각을 나눠서 같이 맞추기도 했는데, 캐서린은 자기 몫을 다 맞추기도 전에 다른 사람이 끝낼라치면 조각을 숨겨버렸다. 가끔 돌리와 캐서린은 내 숙제를 도와주기도 했지만 죄다 엉망진창이었다. 모든 자연적인 것들에 대해서 돌리는 일가견이 있었다. 돌리에겐 가장 꿀이 많은 꽃을 찾아가는 벌 같은 숨은 지력이 있었다. 폭풍우가 올 때면 하루 먼저 맞혔다. 무화과나무의 열매가 언제 맺힐지 예견했고 버섯과 야생 꿀이 있는 장소, 뿔닭이 몰래 알을 낳은 둥지로 데려갔다. 주변을 한번 쓱 둘러보기만 해도 감으로 알 수 있었다. 하지만 숙제에 관해서는 캐서린만큼이나 젬병이었다. "아메리카는 콜럼버스가 오기 전에도 아메리카라는 이름이었을 거야. 그게 아니라면 어떻게 콜럼버스는 여기가 아메리카라고 알았겠어?" 그러자 캐서린이 말했다. "그 말이 맞아. 아메리카는 고대 미국 원주민 말이니까." 둘 중에서 캐서린이 더 심했다. 캐서린은 자기가 틀릴 리 없다고 우겼고, 자기가 불러준 그대로 쓰지 않으면 펄쩍펄쩍 뛰면서 커피 같은 것을 쏟았다. 하지만 캐서린이 링컨 얘기를 이렇게 해준 이후로는 나는 캐서린 말에는 귀를 기울이지 않았다. 링컨은 일부분은 흑인이고, 일부분은 인디언이며 백인의 피는 아주 콩알만큼 흐른다는 것이었다. 아무리 나라도 이것만은 사실이 아님을 알았다. 하지만 나는 캐서린에게는 특별한 은혜를 입었다. 캐서린이 없었더라면 내가 과연 보통 인간 크기로 자랄 수나 있었을까? 열네 살 나이에 나는 비디스키너보다도 별로 크지 않았는데, 사람들은 그가 서커스에 입단하라는 제의를 받았다고 말하곤 했다. 캐서린은 나를 달래면서 걱정하지 말라고 했다. 스트레칭만 좀 하면 돼. 캐서린은 내 팔과 다리를 잡아당기고, 구부러지지 않는 나뭇가지에 달린 사과처럼 내 머리를 쭉쭉 뽑았다. 하지만 2년 만에 캐서린이 나를 145센티미터에서 170센티미터까지 늘려놓았다는 것은 사실이었다. 식품 저장고 문지방에 빵칼로 새겨놓은 눈금으로 증명할수 있다. 많은 것들이 사라지고, 스토브에는 오로지 바람, 부엌에는 겨울만이 남은 지금에도 이 키 재기 눈금만은 여전히 증명서처럼 남아 있다.

돌리가 만든 약은 찾는 사람들에게는 대개 이로운 효과가 있었지만 이따금 편지가 오곤 했다. 친애하는 탈보 양, 우린 이제더 이상 부종 약이 필요 없답니다. 가여운 벨 사촌이(누가 됐든) 지난주에 세상을 떠났거든요. 그녀의 영혼에 축복이 내리기를. 그러면 부엌은 침통한 공간이 되었다. 내 두 친구는 손을 맞잡고 고개를 끄덕이며 음울하게 그 환자의 정황을 회상하곤 했다. 그래, 캐서린은 말했다. 우린 할 수 있는 최선을 다했어, 돌리하트. 하지만 자비로우신 주님은 다른 뜻이 있으셨던 게지. 베레나 또한 부엌을 우울하게 만들기도 했다. 언제나 새로운 규칙을 도입하거나 과거의 규칙을 강요했기 때문이었다. 이거 해, 저거 하지 마, 그만해, 시작해. 베레나는 우리를 마치 자기 시간에 맞춰 제대로 돌아가는지 항상 감시하는 시계인 양 취급하며, 우리가 10분 빨리, 혹은 1시간 늦게 가면 괴롭혔다. 베레나는 마치 뻐꾸기처럼 성질을 터뜨렸다. 그 사람! 캐서린이 말하면 돌리는 쉿 조용, 하고 달랬다. 이젠 조용! 캐서린을 잠잠하게 하려는 게 아니라, 마음속에서 속삭이는 반항적 목소리를 잠재우려는 듯. 베레나도 속마음으로는 부엌에 들어와서 끼고 싶었던 게 아닌가 싶다. 하지만 베레나는 여자와 아이들만 득시글한 집에서 유일한 남자와 같았고 우리와 접촉할 수 있는 방법은 그렇게 독단적으로 화를 분출할 때뿐이었다. 돌리, 저 새끼고양이 없애버려. 내 천식이 악화되었으면 좋겠어? 욕실 물 누가 틀어놓고 안 잠갔니? 너희들 중 누가 내 우산 망가뜨렸어? 베레나의 험악한 기분은 시큼한 노란 안개처럼 집 안에 스며들었다. 그 사람. 쉿, 조용, 이젠 조용.

일주일에 한 번, 주로 화요일이면 우리는 우즈 강에 갔다. 온
종일 걸리는 이 소풍을 위해 캐서린은 닭을 튀기고 계란 한 다
스를 삶아 양념했다. 돌리는 초콜릿 레이어 케이크와 디비니티
퍼지*를 가지고 갔다. 그렇게 무장하고 빈 곡물 자루 세 개를 들
고, 우리는 교회 길을 따라가며 묘지를 지나고 인디언그래스 풀
밭을 통과했다. 숲 속에 들어서면 밑동이 두 개인 멀구슬나무가
있었다. 원래는 두 그루였지만, 나뭇가지들이 뒤얽혀 한 나무에
서 다른 나무로 옮겨 갈 수 있었다. 실로, 두 나무는 나무 오두
막으로 연결되어 있었다. 널찍하고 튼튼한, 나무 오두막의 모범
같은 이 집은 나뭇잎의 바다 위에 떠 있는 뗏목 같았다. 이 집을
지은 소년들은, 아직도 살아 있다면 아마도 이젠 아주 늙었으리
라. 돌리가 맨 처음 이 나무 오두막을 발견했을 때도 이미 분명
히 15년에서 20년은 되어 보였다고 했다. 돌리가 내게 그 집을
보여주었던 게 벌써 사반세기 전 일이다. 그 위에 올라가기란
계단을 올라가는 것만큼이나 쉬웠다. 나무껍질 옹이가 디딤판
이 되어주었고 질긴 줄기를 잡고 올라갈 수 있었다. 심지어 엉
덩이에 살이 두둑하고 류머티즘 때문에 불평하는 캐서린도 아
무 문제가 없었다. 하지만 캐서린은 나무 오두막에 딱히 애정이
없었다. 캐서린은, 돌리가 알고 내게 알려준 사실을 알지 못했

*계란 흰자로 만든 흰색의 말랑한 사탕류.

다. 이 집이 모든 꿈의 구름 긴 해안을 따라 항해하다 잠시 정박한 배라는 것을. 내 말 새겨들어. 캐서린은 말했다. 저 나무판자 너무 오래됐어. 못은 벌레들처럼 미끄럽고. 그러다 반으로 쩍 갈라져서 떨어지면 머리가 쪼개질걸. 그래도 난 몰라.

나무 오두막에 식량을 저장해두고, 우리는 각자 흩어져서 숲으로 들어갔다. 곡물 자루를 들고 들어가 약초와 잎사귀, 기이한 뿌리들을 캤다. 아무도, 캐서린조차도, 뭐가 약에 들어가는지 잘 몰랐다. 그건 돌리만이 간직한 비법이었으니까. 돌리는 자기 자루 안에 뭘 모아놓았는지도 보여주지 않았다. 돌리는 마치 그 안에 푸른 머리카락의 아이, 마법에 걸린 왕자를 볼모로 잡아놓기라도 한 양 자루를 꼭 붙들고 놓지 않았다. 이를 돌리는 이렇게 이야기했다. "언젠가 우리가 아이였을 때(베레나는 젖니가 아직 다 안 빠졌을 때고 캐서린은 키가 울타리 말뚝만 했을 때), 집시들이 블랙베리 밭에 새 떼처럼 까맣게 모여들었단다. 요새야 매년 여기저기 띄엄띄엄 흩어진 집시 몇 명을 볼 수 있는 정도지만 그땐 달랐어. 집시들은 봄과 함께 왔단다. 갑자기 산딸나무처럼 휙 솟아났지. 숲 둘레 길 위에 흩어져 있더라. 그렇지만 우리 집 사람들은 그들이 보이면 싫어했어. 아버지는, 그러니까 너에겐 유라이어 종조할아버지가 되겠구나, 우리 땅에서 집시들이 보이기라도 하면 쏴버리겠다고 했지. 그래서 나는 집시들이 시내에서 물을 뜨거나 땅에 떨어진 겨울 피컨을 훔쳐 가도 아무 말 하지 않았단다. 그러다 어느 날 저녁이었어. 4월이고 비가 내렸지. 나는 페어리벨이 송아지를 새로 낳았다고 해서 소 움막에 갔단다. 거기 소 움막에 집시 여자 세 명이 있는 거야. 두 명은 나이 든 여자였고 한 명은 어렸어. 젊은 여자는 옥수수 껍질 위에 벌거벗은 채로 누워 몸을 비틀고 있었고. 내가 무서워하지도 않고, 뛰어가서 이르지도 않을 것 같다고 생각하자 여자들 중에서 나이 많은 사람 한 명이 불 좀 켜줄 수 있느냐고 물었지. 그래서 초를 가지러 집에 갔다 오자 나를 보냈던 여자가 빽빽 울어대는 빨간 아기를 발목을 잡고 거꾸로 들고 있더라. 다른 여자는 페어리벨에게서 우유를 짜고 있고. 나는 그 사람들이 아이를 따뜻한 우유에 씻어 스카프로 감쌀 수 있도록 도와주었어. 그랬더니 늙은 여자가 내 손을 잡고 이러는 거야. 이제 너한테 선물로 노래를 가르쳐줄게. 상록수 껍질과 잠자리 고사리에 관한 노래였단다. 그 밖에 우리가 이 숲에 찾으러 온 것들에 대한 다른 모든 얘기도. '부종 치료약을 얻고 싶으면 진하고 순수해질 때까지 끓여라.' 아침이 되니까 다들 가버렸더라. 들판과 들에 나가서 찾아보았지. 하지만 그들은 사라지고 머릿속에 노래만 남았어."

낮에 풀려난 올빼미들처럼 서로 불러가면서 우리는 각각 숲 반대편에서 아침 내내 일했다. 오후를 향할 무렵, 우리는 벗겨낸 나무껍질과 부드러운 뿌리로 가득 찬 자루를 들고 초록색 거미줄처럼 얽힌 멀구슬나무로 도로 올라가 음식을 펼쳤다. 상쾌한 시냇물을 담은 유리 단지가 있거나, 날씨가 추울 때면 뜨거운 커피를 담은 보온병도 함께 있었다. 우리는 닭튀김 기름이 묻거나 퍼지로 끈적끈적해진 손가락을 나뭇잎으로 닦았다. 그다음에는 꽃 점을 치거나 온갖 졸린 이야기를 하면서 나무 위의 뗏목에 앉아 오후 속을 떠다녔다. 우리는 그곳의 일부였다. 햇빛이 어려 은색으로 빛나는 나뭇잎들이 그곳의 일부이듯이. 거기 사는 쏙독새들처럼.

1년에 한 번 정도, 탈보 레인에 있는 집으로 가서 마당을 거닌다. 이전 날 그 집에 갔다가 잡초 속에 검은 별똥별처럼 뒤집혀 있는 낡은 철제 통을 보았다. 돌리, 돌리는 통 위에 몸을 숙이고, 곡물 자루에 모아 온 풀을 끓는 물에 풍덩 집어넣었다. 그다음에는 톱으로 뭉뚝하게 자른 빗자루로 담배 씹다 버린 침만큼 갈색으로 달여질 때까지 젓고 또 저었다. 돌리가 혼자 약을 섞는 동안 캐서린과 나는 마녀의 제자처럼 구경했다. 우리 모두는 나중에 약을 병에 넣는 작업을 도왔다. 약에서 연기가 나서 코르크가 펑 터지는 경우가 있어서, 내가 특별히 맡은 임무는 화장지를 돌돌 말아서 마개를 만드는 것이었다. 판매는 대충 일주일에 여섯 병 정도, 각 병마다 가격이 2달러였다. 돈은 우리 셋 모두의 것이라고, 돌리는 말했다. 그래서 우리는 돈이 들어오는 대로 빨리 써버렸다. 우린 언제나 잡지에서 광고하는 물건을 사느라 돈을 부쳤다. 목각 배워봅시다, 인도 장기 : 남녀노소 즐길 수 있는 게임. 누구나 연주할 수 있습니다, 바주카*. 한번은 프랑스어 교재를 사려고 돈을 부친 적도 있었다. 나는 프랑스어로 말하면 베레나나 다른 사람이 이해할 수 없는 비밀 언어를 가질 수 있다는 생각을 해냈다. 돌리는 무던히 노력했지만 "슌가락, 파세 무아"(슌가락 좀 주세요)가 최대로 할 수 있는 말이었고, 캐서린은 "주 쉬 파티게"(나는 피곤해요)를 배운 이후에는 다시 책을 펼치지 않았다. 필요한 말은 그게 다라고 했다.

베레나는 종종, 누가 그 약 먹고 탈이라도 나면 골치 아프겠다고 말하긴 했지만 그 외에는 별다른 관심을 보이지 않았다. 그러다 어느 해 우리는 그간 번 돈을 모두 합쳤더니 소득세를 내야 할 정도의 액수임을 알았다. 그러자 베레나는 질문을 퍼붓기 시작했다. 마치 돈이 살쾡이인 것처럼, 베레나는 숙련된 사냥꾼답게 발소리를 죽이고 부러진 나뭇가지 하나하나를 경계하며 그 자취를 좇았다. 이제 베레나는 궁금해했다. 약에는 뭐가 들어가? 그러자 돌리는 우쭐해져서 쿡쿡 터지는 웃음을 누르면서 손을 내저으며 말했다. 뭐 이런저런 거. 특별한 건 없어.

*트럼본 비슷한 악기.

베레나는 이 문제를 내버려둔 듯 보였다. 그렇지만 종종 저녁 식탁에 앉아 있을 때면 베레나의 두 눈은 곰곰이 따져보듯 돌리에게 가서 멎었고, 한번은 우리가 마당에서 물이 끓는 통 주위에 모여 있을 때 고개를 들어보니 베레나가 창문 앞에 서서 어떤 방해에도 굴하지 않을 정도로 집요하게 우리를 쳐다보고 있었다. 그때는 이미 베레나의 계획이 모양을 갖추었던 듯하지만, 여름이 될 때까지는 움직이지 않았다.

1년에 두 번, 1월과 8월에 베레나는 세인트루이스나 시카고로 물건을 사러 가곤 했다. 그해 여름, 내가 열여섯 살이 되던 여름에 베레나는 시카고에 갔다가 2주 후에 모리스 리츠 박사라고 하는 남자를 대동하고 돌아왔다. 자연히 모두들 이 모리스 리츠 박사가 누구람, 하며 궁금해했다. 나비넥타이를 매고 날렵하고 요란한 정장을 입은 남자였다. 입술은 푸르스름하고 사방을 두리번거리는 작은 눈은 경박해서, 심술궂은 생쥐 같았다. 우리는 그가 롤라 호텔의 가장 좋은 방에 묵고 필스 카페에서 스테이크로 저녁을 먹는다는 소리를 들었다. 거리에서는 지나가는 사람들을 만날 때마다 번쩍이는 머리를 까닥거리며 우쭐우쭐 걸어 다녔다. 친구는 사귀지 않았지만, 베레나 외에는 다른 사람과 같이 있는 모습을 보인 적도 없었다. 베레나 역시 그를 한 번도 집에 데려온 적이 없었고 이름을 꺼낸 적이 없었다. 그러다 어느 날 캐서린이 용기를 내어 물어보았다. "베레나 양,

대체 저 이상하게 생긴 작다리 모리스 박사란 사람은 누구야?"
그러자 베레나는 입 주위가 하얗게 되어 대답했다. "그런가, 그
사람은 내가 아는 어떤 사람에 비하면 하나도 우습게 생기지 않
았는데."

　정말 남세스러워서. 사람들은 이렇게 쑥덕거렸다. 베레나가
시카고에서 왔다는 유대인 작다리랑 돌아다니는 꼴을 봐. 남자
쪽이 스무 살은 연하겠네. 떠도는 소문으로는 두 사람이 마을
건너편에 있는 오래된 통조림 공장에서 뭔가 꾸미더라는 것이
었다. 나중에 알고 보니, 정말 뭔가 꾸미는 것은 사실이었다. 하
지만 당구장의 무리들이 생각하는 그런 짓은 아니었다. 거의 매
오후마다 베레나와 모리스 리츠 박사가 통조림 공장에서 나오
는 모습을 볼 수 있었다. 창문 유리가 깨져서 삐쭉빼쭉하고 문
이 내려앉은 황량하고 무너진 벽돌 폐허에서. 한 세대 넘게, 거
기 가까이 가는 사람은 담배를 피우고 같이 알몸으로 뒹굴러 가
는 10대밖에 없었다. 그러다 9월 초, 〈쿠리어〉지의 공고를 통해
우리는 처음으로 베레나가 통조림 공장을 샀다는 사실을 알았
다. 하지만 그걸 어떤 목적으로 쓸 계획인지는 아무런 언급이
없었다. 이 직후, 베레나는 캐서린에게 일요일 저녁 식사에 모
리스 박사가 올 테니 닭 두 마리를 잡아놓으라고 말했다.

　내가 거기 살았던 몇 년 동안, 모리스 리츠 박사는 탈보 레인
에 있는 집에 식사 초대를 받은 유일한 사람이었다. 그래서 여

러 가지 이유로 이 저녁은 거창한 행사였다. 캐서린과 돌리는 봄맞이 대청소를 했다. 양탄자를 털고, 다락방에서 도자기를 가져오고, 방방마다 마루 왁스와 레몬 광택제 냄새가 풍겼다. 닭튀김과 햄, 완두콩, 고구마, 롤 빵, 바나나 푸딩, 두 종류의 케이크와 드러그스토어에서 사 온 투티푸르티 아이스크림을 준비했다. 일요일 정오, 베레나가 식탁을 살펴보러 왔다. 복숭앗빛 장미를 옆으로 뻗게 꽂아 만든 중앙 장식과 근사한 식기들을 빽빽하게 놓은 식탁은 20명분의 파티를 위해 차린 듯했다. 하지만 좌석은 오직 둘뿐이었다. 베레나가 가서 두 자리를 더 차렸고 돌리는 이걸 보더니 기어들어가는 목소리로 말했다. 콜린이 식탁에 앉고 싶다면 괜찮지만 자기는 캐서린과 함께 부엌에 있겠다고. 베레나는 한 발을 쿵 굴렀다. "바보 같은 소리 마, 돌리. 이건 중요한 거야. 모리스는 굳이 언니를 만나러 여기 오는 거라고. 그리고 하나 더, 제발 고개 좀 제대로 쳐들고 있으면 고맙겠다. 그렇게 고개를 숙이고 있으면 내가 다 어지러워."

돌리는 꺽겁했다. 손님이 온 후에도 한참 방 안에 숨어 있어서 결국 내가 가서 데려오라는 명을 받았다. 돌리는 이마에 젖은 수건을 올려놓고 분홍 침대 위에 누워 있었고, 캐서린이 옆에 앉아 있었다. 캐서린은 매무새를 말쑥하게 다듬었다. 뺨에는 막대 사탕처럼 연지를 발랐고 입속에는 평소보다 솜을 더 많이 채워 넣었다. 캐서린이 말했다. "자기, 침대에서 내려와야지.

그러다 예쁜 드레스 다 망칠 거야." 베레나가 시카고에서 사다준 사라사 드레스였다. 돌리는 일어나서 옷을 판판히 폈다가 다시 누웠다. "내가 얼마나 미안해하는지, 베레나가 안다면." 돌리는 난처해하며 말했고, 나는 가서 베레나에게 돌리가 아프다고 전했다. 베레나는 자기가 직접 보겠다며 나를 모리스 리츠 박사와 함께 홀에 남겨두고 쿵쿵거리며 방을 나섰다.

아, 얼마나 밉살스러운 인간인지. "그래, 열여섯 살이라고." 그는 뻔뻔한 눈으로 윙크하더니 다른 쪽으로 다시 윙크했다. "게다가 어린 나이를 아주 유리하게 이용한다면서, 허? 다음에 저 부인이 시카고 갈 때는 너도 데려가라고 해라. 거긴 어려서 겪으면 좋을 것이 아주 많으니까." 그는 손가락을 탁 튕기더니 무슨 보드빌 쇼*의 음률에 시간을 맞추듯, 현란하고 단검처럼 날렵한 구두 신은 발로 잽싸게 스텝부터 밟았다. 뭔가 심각한 직업을 가졌음을 암시하는 진료 가방만 들고 있지 않았더라면 탭댄서나 탄산음료 파는 점원이었을지도 모른다고 생각했으리라. 나는 대체 이 사람이 무슨 의사일지 궁금했다. 사실, 막 물어보려던 찰나에 베레나가 돌리의 팔꿈치를 잡아끌고 돌아왔다.

홀의 그림자도, 태피스트리를 덮은 가구도 돌리를 빨아들이지 못했다. 돌리가 눈도 들지 않은 채 한 손을 들자 리츠 박사가

---

*춤과 노래를 곁들인 가볍고 풍자적인 통속 희극 쇼.

그 손을 덥석 잡아 꽉 눌러대는 바람에 돌리는 거의 중심을 잃고 넘어질 뻔했다. "이런, 탈보 양. 만나 뵙게 되어 반갑군요!" 박사는 인사하며 나비넥타이를 손잡이처럼 돌렸다.

우리가 저녁 식탁에 앉자 캐서린이 닭 요리를 가지고 왔다. 캐서린이 처음에는 베레나에게, 다음에는 돌리에게 음식을 덜어준 후, 박사의 차례가 되었을 때 그가 말했다. "솔직히 말하자면 내가 좋아하는 닭고기 부위는 뇌수뿐인데. 아줌마, 부엌에 가서 그것 좀 가져올 수 있겠소?"

캐서린은 눈을 코 아래까지 내리까는 바람에 거의 사시처럼 보일 지경이었다. 캐서린은 뭉쳐놓은 솜이 마구 섞일 만큼 혀로 입을 핥으면서 대답했다. "돌리가 벌써 접시에 뇌를 담았는디요."

"저 남부 사투리 하고, 맙소사." 그는 진짜로 경악한 말투였다.

"캐서린 말은 제 접시에 이미 덜어주었다는 뜻이에요." 돌리의 뺨은 캐서린의 연지만큼 붉었다. "하지만 제가 양보해드릴게요."

"그래도 괜찮으시다면……."

"괜찮고말고요." 베레나가 말했다. "어쨌든 언니는 단것밖에 안 먹는 사람이니까. 자, 돌리. 여기 바나나 푸딩 있어."

이윽고 리츠 박사가 기침 발작을 일으켰다. "저 꽃 말이죠, 장미꽃, 이전부터 알레르기가 있어서……."

"어머나." 돌리는 부엌으로 탈출할 기회를 엿보며 장미 수반을 들었다. 하지만 손이 미끄러지는 바람에 크리스털이 산산이 깨어지고 말았다. 장미는 그레이비소스에 떨어지고 그레이비소스는 우리 모두에게 튀었다. "봤지." 돌리는 눈물이 그렁그렁해서 혼잣말을 했다. "봤지, 구제불능이야."

"구제불능일 것도 없어, 돌리. 자리에 앉아서 푸딩이나 마저 다 먹어." 베레나는 현실적이고 턱을 높이 든 오만한 목소리로 말했다. "게다가 우리가 언니를 위해 작지만 근사한 깜짝 선물을 준비했어. 모리스, 돌리에게 그 아름다운 상표 좀 보여줘요."

"나쁠 것도 없죠"라고 웅얼거리면서 리츠 박사는 소매에 묻은 그레이비 얼룩을 문질러 닦아낸 후 복도로 나갔다가 진료 가방을 들고 돌아왔다. 그는 손가락으로 바삐 종이를 넘기더니 커다란 봉투를 찾아 돌리에게 건넸다.

봉투 안에는 스티커가 들어 있었다. 주황색 글자가 쓰인 삼각형 상표. '집시 여왕 부종 치료제.' 머릿수건을 쓰고 황금 귀고리를 한 여자가 흐릿하게 보이는 그림. "1급이죠, 허?" 리츠 박사가 뻐겼다. "시카고에서 만들었습니다. 그림은 내 친구가 그리고요. 진짜 예술가죠, 그 친구는." 돌리는 당황하고 불안한 표정으로 상표를 후루루 넘겼다. 마침내 베레나가 물었다. "기쁘지 않아?"

돌리의 손에 든 상표가 움찔 떨렸다. "나 무슨 말인지 잘 모르겠어."

"모르긴 뭘 몰라." 베레나가 희미한 미소를 띠었다. "뻔하잖아. 언니 옛날이야기를 해주었더니 모리스가 이 근사한 이름을 떠올렸지 뭐야."

"집시 여왕 부종 치료제. 눈을 확 끄는 이름이죠." 박사가 말했다. "광고로 보면 근사할 겁니다."

"내 약 말이야?" 돌리는 여전히 눈을 내리깔고 말했다. "하지만 난 상표가 필요 없는걸, 베레나. 내가 직접 쓰니까."

리츠 박사는 손가락을 튕겼다. "아이고, 그거 좋네요! 이 상표를 직접 쓴 글씨체처럼 찍도록 하는 겁니다. 아주 개인적으로 보이겠죠?"

"우린 벌써 돈을 쓸 만큼 썼어요." 베레나가 기운차게 말하더니 돌리를 향했다. "모리스와 나는 이번 주에 워싱턴에 가서 이 상표에 대한 판권을 신청하고 약 특허권을 등록할 거야. 당연히 언니를 개발자로 올릴 거고. 이제 요건은 말이지, 돌리, 자리에 앉아서 우리에게 완전한 공식을 써주면 돼."

돌리의 얼굴이 풀어졌다. 상표가 바닥에 흩어져서 여기저기 깔렸다. 돌리는 두 손으로 식탁을 짚고 몸을 일으켰다. 천천히 돌리의 모습이 다시 제대로 돌아왔다. 돌리는 고개를 들고 멍하니 리츠 박사를, 그다음에는 베레나를 바라보았다. "그렇게는 안 돼." 돌리의 목소리는 조용했다. 그런 후 문으로 가더니 문손잡이에 한 손을 얹었다. "그렇게는 안 돼. 너에게는 아무 권리도 없으니까, 베레나. 박사님도 마찬가지고."

나는 캐서린을 도와 상을 치웠다. 망가진 장미, 자르지도 않은
케이크, 손도 안 댄 채소 요리. 베레나와 손님은 함께 집을 나섰
다. 부엌 창문으로 내다보니 두 사람은 고개를 끄덕이고 저으며
시내로 가고 있었다. 그래서 우리는 데블스푸드 케이크*를 잘라
돌리의 방으로 가져갔다.

　쉿, 조용! 이제 조용! 캐서린이 '그 사람'을 욕하려 하자 돌리
가 말했다. 하지만 반항적인 내면의 속삭임은 쉰 목소리로 커졌
다. 더 큰 소리를 질러 눌러버려야 하는 적으로. 쉿, 조용! 이제
조용! 마침내 캐서린은 두 팔로 돌리를 안아주면서 역시 조용하
자고 말해야만 했다.

　우리는 루크 카드** 한 벌을 꺼내서 침대 위에 깔았다. 당연히
캐서린은 굳이 그날이 주일이라는 것을 기억해내서 우리 심판
의 책에 검은 표시가 또 한 줄 그어질 위험에 처했다고 말했다.
하지만 벌써 자기 이름 옆에는 표시가 많이도 그어져 있다고도.
곰곰이 생각해본 결과 우리는 대신 점을 치고 놀았다. 해가 뉘

---

*초콜릿 스펀지를 층층이 쌓고 그 위에 초콜릿 아이싱을 얹은, 진한 맛의 케이크.
**일반 트럼프 대신 다른 모양으로 바꾼 카드. 기독교인의 카드, 선교사의 포커라고
도 불린다.

엿뉘엿 질 무렵, 베레나가 집에 왔다. 복도에 발소리가 울렸다. 베레나는 노크도 안 하고 문을 열었고 한참 내 운명을 점치던 돌리는 내 손을 더 꼭 쥐었다. 베레나가 말했다. "콜린, 캐서린, 두 사람은 나가줘."

캐서린은 사다리를 타고 다락방으로 오르는 나를 따라오려 했으나, 좋은 옷을 입고 있어서 그럴 수가 없었다. 그래서 나는 혼자 갔다. 분홍 방이 똑바로 내려다보이는 괜찮은 옹이구멍이 있었지만, 베레나가 바로 그 아래 서 있어서 보이는 것이라고는 모자뿐이었다. 베레나는 집을 나갈 때 썼던 모자를 그대로 쓰고 있었다. 셀룰로이드 과일 송이로 장식한 밀짚모자였다. "그게 사실이야." 베레나가 말하자 과일들이 파르르 떨리며 푸르스름한 그늘 속에서 번득였다. "옛 공장에 2천 달러, 빌 테이텀과 목수 네 명 임금이 시간당 80센트가 들었고 벌써 7천 달러어치 기계도 주문했어. 모리스 리츠 같은 전문가에게 드는 비용은 말할 것도 없고. 왜 그런지 알아? 다 언니를 위해서라고!"

"나를 위해서?" 돌리의 목소리는 구슬프게 들리더니 땅거미처럼 아래로 떨어졌다. 돌리가 방 한 부분에서 다른 부분으로 움직이자 그림자가 보였다. "넌 내 혈육이고, 난 널 무척 사랑해. 마음을 다해서 사랑하지. 그런데 지금 유일하게 내가 가진 것을 주어서 증명하라는 거구나. 그러면 네가 모두 다 갖게 되겠지. 제발, 베레나." 돌리의 목소리가 떨렸다. "이것만은 내가 갖게 놔둬."

베레나가 전등을 켰다. "준다는 말이 나왔으니 말인데." 베레나의 목소리는 갑작스레 가혹해진 빛만큼이나 냉정했다. "이 오랜 세월 동안 나는 농장 일꾼처럼 일했어. 내가 언니한테 주지 않은 게 뭐야? 이 집이랑……."

"넌 내게 뭐든 줬지." 돌리가 부드럽게 말을 끊었다. "캐서린과 콜린에게도. 다만 우리도 나름대로 앞가림을 했어. 널 위해 집을 깔끔하게 관리했잖아. 그러지 않았어?"

"아, 집이야 괜찮지." 베레나는 모자를 휙 벗었다. 얼굴엔 온통 핏기가 올라 있었다. "언니랑 저 우물대는 바보. 내가 어째서 다른 사람을 집에 초대한 적이 없는지 생각해본 적 없어? 아주 단순한 이유 때문이야. 난 부끄러웠으니까. 오늘 일어난 일을 봐."

돌리에게서 숨이 빠져나가는 소리가 들릴 지경이었다. "미안해." 돌리는 힘없이 말했다. "정말 미안해. 난 항상 여기에 우리가 있을 장소가 있다고 생각했고 너도 어쨌든 우리가 필요한 줄 알았어. 하지만 이제 괜찮을 것 같네, 베레나. 우리는 떠날게."

베레나는 한숨지었다. "불쌍한 돌리. 불쌍하고 불쌍한 언니. 대체 어디로 간다는 거야?"

잠시 뜸을 들이다 나온 대답은 나방의 날갯짓만큼이나 연약했다. "갈 만한 곳을 알아."

후에, 나는 침대에 누워서 돌리가 와서 잘 자라고 키스해주기를 기다리고 있었다. 응접실 너머, 집의 맨 끝 구석에 있는 내 방은 이 집 자매의 아버지, 유라이어 탈보 씨가 쓰던 방이었다. 탈보 씨가 정신이 가물가물하던 노년에 베레나는 아버지를 농장에서 여기로 데려왔고, 그는 여기에서 자기가 어디 있는지도 모르는 채 죽었다. 그가 죽은 지 10년, 15년이 지났지만 늙은 남자가 풍긴 오줌과 담배 냄새가 아직도 매트리스, 옷장에 스며 있고 옷장 안 선반에는 그가 농장에서 들고 왔던 유일한 물품이 남아 있었다. 작고 노란 북. 나만 한 소년이었을 때 그는 남부군 행진에서 이 작은 노란 북을 두드리며 노래를 불렀다. 돌리는 소녀였을 때, 겨울 아침이면 잠에서 깨어 아버지가 장작을 모으러 나가면서 노래 부르는 소리를 듣는 게 좋았다고 했다. 나중에 그가 나이 든 후, 죽은 후, 돌리는 가끔 인디언그래스 들판에서 그 노랫소리를 들었다. 바람이야, 캐서린이 말했다. 그러면 돌리는 이렇게 대답했다. 하지만 바람이 우리인걸. 바람은 우리 모두의 목소리를 모아 기억해. 그런 다음 나뭇잎과 들판을 지나며 말하고 이야기하는 목소리들을 도로 불어 보내지. 난 아빠 목소리를 똑똑히 들었어.

그런 날 밤, 9월이던 어느 밤, 가을바람이 튼튼한 붉은 풀 사이로 휘감아 돌아가며 지나간 목소리를 모두 풀어놓았다. 나는 유라이어 탈보 씨도 그들 사이에서 노래하고 있을까 궁금했다.

내가 누워 잠드는 침대의 주인이었던 노인.

그때 돌리가 마침내 내게 잘 자라고 키스를 해주러 온 듯했다. 돌리가 방 안 내 옆에 가까이 있는 느낌이 들어 잠에서 깼기 때문이었다. 하지만 거의 새벽이 다 된 시간, 새벽빛이 이파리처럼 창문에서 피어났고 수탉들은 저 먼 들판에서 꼬끼오 울었다. "쉿, 콜린." 돌리가 내 몸 위로 숙이면서 속삭였다. 돌리는 모직 겨울 정장을 입고 머리에는 얼굴을 안개처럼 살포시 덮는 여행용 베일이 달린 모자를 쓰고 있었다. "우리가 어디로 가는지 너한테는 알려주고 싶어서."

"나무 오두막으로?" 나는 잠꼬대하는 기분이었다.

돌리는 고개를 끄덕였다. "일단은. 우리 계획이 앞으로 어떻게 될지 확실히 알 때까지만." 돌리는 내가 겁을 먹은 걸 보고 이마에 한 손을 올렸다.

"돌리랑 캐서린은 가는데, 나는 안 돼요?" 나는 소름이 돋아 몸을 떨었다. "날 두고 갈 순 없어요."

마을 시계가 울렸다. 돌리는 마음을 먹기 전에 시계가 다 울리기를 기다리는 듯했다. 시계가 다섯 번을 치고 그 음이 스러져갈 때 나는 침대에서 기어 나와 옷을 재빨리 껴입었다. 돌리는 다만 이렇게 말했을 뿐이었다. "빗도 잘 챙겨야지."

캐서린과는 마당에서 만났다. 캐서린은 터질 듯 빵빵한 유포 손가방이 무거워서 구부정하게 섰다. 울었는지 눈이 퉁퉁 부어 있었다. 돌리는 이상하리만큼 침착하고 자기 행동에 자신 있는 사람답게 말했다. 아무 문제 없어, 캐서린. 일단 살 곳을 찾으면 금붕어를 보내라고 하면 되잖아. 베레나의 굳게 닫힌 조용한 창문이 위에서 내려다보았다. 우리는 조심스레 그 창문을 지나쳐 아무 말 없이 문을 빠져나갔다. 폭스테리어 한 마리가 우리를 보고 짖었다. 하지만 거리에는 아무도 없었다. 우리가 시내를 빠져나가는 모습을 본 사람은 아무도 없었다. 감옥에서 잠 못 이루다 밖을 내다보고 있던 죄수 한 명 외에는. 태양과 동시에 인디언그래스 풀밭에 다다랐다. 돌리의 베일이 아침 산들바람에 휘날렸고, 우리가 가는 길 위에 둥지를 튼 꿩 한 쌍이 금속빛이 도는 날개를 펼치고 맨드라미처럼 진홍빛인 풀 위를 쓸며 날았다. 그 멀구슬나무는 초록과 푸릇한 금색이 담긴 9월의 그릇이었다. 이거 푹 무너져서 우리 머리 깨는 거 아닌가 몰라, 캐서린이 말했다. 우리 주위에서 나뭇잎들이 바르르 몸을 떨며 이슬을 떨어뜨렸다.

2

라일리 헨더슨이 아니었다면, 우리가 나무에 있다는 사실을 누가 알아차리기나 했으려나 모르겠다. 적어도 그렇게 빨리 알아차리지는 않았을 것이었다.

캐서린이 유포 가방에 일요일 저녁 식사에서 먹고 남은 음식을 잔뜩 싸 온 덕에 케이크와 닭고기로 아침을 즐기고 있는데, 숲을 철썩 치는 총소리가 들렸다. 우리는 입속에서 케이크가 말라가도록 그 자리에 앉아 있었다. 아래에서는 미끈한 새 사냥개 한 마리가 토닥토닥 달려와 모습을 드러냈고 그 뒤를 라일리 헨더슨이 따랐다. 그는 어깨에 장총을 멨고 피 흘리는 다람쥐 꼬리를 서로 묶어 목에 화관처럼 둘렀다. 돌리는 그렇게 하면 나뭇잎 사이로 몸을 숨길 수 있다는 듯이 베일을 내렸다.

라일리는 그렇게 멀지 않은 자리에 멈추어 섰다. 햇볕에 탄 젊은 얼굴은 경계심으로 굳어졌다. 그는 총을 준비 자세에 놓고 여기저기 움직이며 겨누었다. 마치 목표물이 스스로 나타나기를 기다리는 듯했다. 너무 큰 긴장을 견딜 수 없었는지 캐서린은 소리를 질렀다. "라일리 헨더슨, 우리 쏘지 마!"

총이 흔들리더니 라일리가 빙그르르 돌았다. 헐거운 목걸이 같은 다람쥐들도 함께 흔들렸다. 그는 나무 위에 있는 우리를 보더니 한순간 멈칫한 후 말했다. "안녕하세요, 캐서린 크리크. 안녕하세요, 탈보 양. 대체 거기서들 뭐 하는 겁니까? 살쾡이에게 쫓기기라도 했어요?"

"그냥 앉아 있어." 돌리는 캐서린이나 내가 대답할까 걱정이 되었는지 재깍 대답했다. "괜찮은 다람쥐 잡았네."

"두 마리 가지세요." 라일리가 두 마리를 떼어냈다. "어젯밤에 저녁으로 먹었는데, 고기가 진짜 보드랍더라고요. 잠깐만요. 제가 올라가서 갖다드릴게요."

"그럴 필요 없어. 그냥 땅에 놔두렴." 하지만 라일리는 개미가 꼬일지도 모른다며 굳이 나무 위로 올라왔다. 파란 셔츠에는 다람쥐 피가 점점이 묻었고 가죽 색깔의 거친 머리카락에도 핏방울이 반짝였다. 그에게서는 화약 냄새가 났고 소박하고 잘생긴 얼굴은 계피 같은 갈색이었다. "망할, 이거 나무 오두막이네." 그는 판자가 튼튼한지 확인해보려는 듯 한 발을 쿵 굴렸다. 캐서린은 지금은 나무 오두막일지 모르지만, 그렇게 계속 발을 굴러대면 오래가지 못할 것이라고 경고했다. 라일리가 물었다. "네가 이거 지었니, 콜린?" 그가 내 이름을 불렀다는 사실에 나는 화들짝 놀라기도 했지만 기분이 좋았다. 라일리 헨더슨이 이 비천한 나를 알고 있다고는 생각도 하지 못했다. 하지만 물론 나는 그를 알고 있었다.

우리 마을 사람 중에서 누구도 라일리 헨더슨만큼 많이 사람들 입에 오르내리는 사람은 없었다. 어른들은 한숨 섞인 말투로 말했지만, 그의 연배에 가까운 사람들, 나 같은 젊은이들은 그를 비열하고 냉혹하다고 했다. 그는 우리가 시기하는 존재는 되어도 사랑하고 친구로 삼을 수 있는 존재가 되어주지는 않았기 때문이었다.

누구라도 알 수 있는 사실이었다.

라일리는 중국에서 태어났다. 선교사였던 아버지는 혁명 중에 살해당했다. 어머니는 이 마을 출신으로 로즈라는 이름이었다. 나는 그 어머니의 모습을 직접 본 적은 없지만 사람들 말로는 안경 쓰기 전까지는 무척 아름다운 여자였다고 한다. 또한 집도 부자여서 할아버지에게 큰 유산을 물려받았다. 로즈는 중국에서 돌아오면서 그때 다섯 살이던 라일리와 동생 둘을 데려왔다. 둘 다 여자애였다. 가족은 어머니의 결혼하지 않은 오빠, 치안판사인 호레이스 홀튼과 함께 살았다. 그는 피부가 모과처럼 노랗고 통통하며 노처녀처럼 깐깐한 남자였다. 그 후로

몇 년 동안, 로즈 헨더슨은 나름대로 이상해졌다. 빨면 줄어드는 드레스를 팔았다며 베레나에게 고소하겠다는 협박을 했다. 라일리를 벌준답시고 까치발로 마당을 뛰면서 구구단을 외우게 했다. 그렇지 않으면 아이가 미칠 때까지 뛰도록 했다. 장로교 목사가 그 문제로 한마디 하려 하자, 로즈는 자기는 자식들을 미워하고 그 아이들이 죽었으면 좋겠다고 대꾸했다. 그 말이 진심이었던 것이 분명하다. 어느 크리스마스 아침 로즈는 욕실 문을 걸어 잠그고 딸 둘을 욕조에 빠뜨려 죽이려 했기 때문이었다. 사람들이 속닥거리는 말에 따르면 라일리가 손도끼로 문을 부수었다고 했다. 그때 사람됨이 어떻든 아홉 살이나 열 살 남짓 되었을 소년에게는 벅찬 일이었다. 그 후, 로즈는 멕시코 만해안에 있는 어떤 시설로 보내졌고 아직도 거기 사는 듯하다. 적어도 죽었다는 소식은 못 들었다. 지금 라일리와 외삼촌 호레이스 홀튼은 사이가 썩 좋지는 않았다. 어느 날 밤, 그는 호레이스의 올즈모빌을 훔쳐서 메이미 커티스와 함께 댄스앤다인으로 나갔다. 메이미는 참으로 헤펐고 그때 열다섯 살밖에 되지 않은 라일리보다는 다섯 살 정도 연상이었다. 뭐, 호레이스는 두 사람이 댄스앤다인에 있다는 소리를 듣자마자 보안관을 데려가 애들을 쫓아내려 했다. 호레이스는 라일리에게 교훈을 똑똑히 가르쳐주고 체포되게 하겠다고 말했다. 하지만 라일리는 보안관에게 대꾸했다. 번지수 잘못 찾으셨네요. 거기 와글와글 모인 사람들 앞에서 라일리는 삼촌이 로즈의 돈을 훔쳤다고 고발했다. 자기와 여동생들에게 넘겨주어야 했던 돈을. 또, 그 자리에서 싸워서 밝혀내겠다고 나섰다. 호레이스가 물러서자, 라일리는 그저 앞으로 나아가 눈을 한 대 후려쳤다. 보안관은 라일리를 감옥에 가뒀다. 하지만 쿨 판사는 로즈의 옛 친구이기도 해서 사건 수사에 착수했고 호레이스가 로즈의 재산 상당 부분을 자기 계좌로 흘려보냈다는 사실을 밝혀냈다. 그래서 호레이스는 자기 짐을 싸서 뉴올리언스인지 어디로 기차를 타고 도망갔다. 몇 달 후, 실려 오는 소문을 들으니 그는 "낭만 목사"라는 광고를 내고 달빛 속에 미시시피 강을 올라가는 유람선에서 사람들이 결혼할 때 주례를 봐주는 일을 한다고 했다. 그 이후로, 라일리는 자기 마음대로 살았다. 받을 유산을 잡히고 돈을 좀 빌려서 빨갛고 호화로운 차를 한 대 뽑더니 마을의 모든 헤픈 계집이랑 교외를 누비고 다녔다. 그 차에 탄 여자 중에 얌전한 애들은 그의 여동생들뿐이었다. 일요일 오후마다 그는 여동생들을 태우고 드라이브를 나왔고 점잖게 마을 광장을 천천히 돌았다. 예쁜 소녀들이었다. 그의 여동생들은. 하지만 별로 재미있게 놀지는 못했다. 라일리가 동생들을 엄격하게 감시한 탓에 남자애들이 가까이 갈 엄두를 내지 못했다. 점잖은 흑인 부인이 그 집 살림을 도맡아 할 뿐, 라일리네는 자기들끼리만 살았다. 여동생 중 한 명인 엘리자베스는 학교에서 나와 같은 반이었는데, 성적이 월등히 좋아서 전 과목에서 A를 받곤 했다. 라일리 본인은 학교를 그만두었다. 하지만 당구장에서 시간 보내는 건 달들하고는 달랐고 그들과 어울리지도 않았다. 낮에는 낚시를 하거나 사냥을 갔다. 오래된 홀튼 저택 안팎을 이모저모 개선했다. 그는 목공 솜씨가 훌륭했고 기계도 잘 다뤘다. 가령, 특수 자동차 경적을 만든 적이 있었는데 마치 기차 경적처럼 길게 소리를 냈다. 저녁에 그가 다른 마을에서 열리는 무도회에 가려고 도로 위를 질주할 때면 그 경적이 울부짖는 소리가 들려왔다. 그가 내 친구가 되어주기를 얼마나 바랐는지! 그럴 수도 있을 것 같았다. 그는 나보다 고작 두 살 위였으니까. 하지만 그가 내게 말을 걸어준 적은 딱 한 번뿐이라는 기억이었다. 하얀 플란넬 정장을 말쑥하게 차려입은 라일리가 클럽하우스에서 열리는 무도회로 가던 길에 베레나의 드러그스토어에 들어왔던 것이다. 나는 이따금 토요일 밤이면 거기서 일을 돕고 있었다. 그가 사려는 건 새도 한 갑이었지만, 나는 새도가 뭔지 몰랐기 때문에 그가 직접 카운터 뒤로 돌아와서 서랍에서 꺼내야 했다. 그는 웃음을 터뜨렸다. 그렇게 심술궂은 웃음은 아니었지만 그편이 더욱 나빴다. 이제 내가 바보라는 사실을 알았으니까 우리는 결코 친구가 될 수 없을 것이었다.

돌리가 말했다. "케이크 한 조각 먹으렴, 라일리." 그러자 그가 물었다. 항상 이렇게 이른 시간에 소풍을 하시는지? 그러면서 그게 좋은 생각 같다고 덧붙였다. "밤에 수영하는 것처럼 요." 그가 말했다. "전 아직도 어둑어둑할 때 여기 와서 강에서 수영한답니다. 다음에 소풍을 할 때는 소리를 치세요. 그러면 여기 계신지 알 테니까요."

"어느 새벽에 와도 환영이야." 돌리가 베일을 올리며 말했다. "이런 말은 좀 그렇지만, 우리는 당분간 여기 있을 테니까."

라일리는 아마도 기묘한 초대라고 생각했겠지만 대놓고 말하지는 않았다. 그는 담뱃갑을 꺼내 쭉 돌렸다. 캐서린이 한 개비 받자, 돌리가 말했다. "캐서린 크리크, 살면서 담배는 손도 대 본 적이 없잖아." 캐서린은 이제까지 뭘 모르고 살았는지 알아보겠다고 했다. "그렇게 많은 사람들이 칭찬하는 걸 보면 사람 마음 편하게 해주는 것 아니겠어. 돌리하트도 우리 나이쯤 되면 마음 편하게 해주는 걸 찾아야지." 돌리는 입술을 깨물었다. "뭐 해봐서 해로울 것 없겠지." 돌리는 이렇게 말하며 자기도 한 개비 받아 들었다.

소년을 미치게 만드는 것은 두 가지가 있는데(내가 학교에서 담배 피우다 걸렸을 때 핸드 교장 선생님이 말한 바에 따르면), 그중 하나인 담배를 나는 2년 전에 끊었다. 그게 나를 미치게 할 것 같아서가 아니라, 내 성장을 방해한다고 생각했기 때문이었다. 사실 나는 보통 키였고 라일리는 나보다 크지도 않았지만 커 보였다. 호리호리한 사람들이 흔히 그러듯 카우보이처럼 몸을 질질 끌며 어색하게 움직였기 때문이었다. 그래서 나는 담배를 받아 들었다. 돌리는 담배를 빨아들이지도 않고 내뱉으며 아프려면 다 함께 아픈 편이 나을 것 같다고 했다. 하지만 누구도 아프지 않았다. 캐서린은 다음에는 파이프 담배를 피워보고 싶다고 말했다. 냄새가 무척 좋으니까. 그러자 돌리는 베레나가 파이프 담배를 피운다는 놀라운 사실을 자진해서 털어놓았다. 나는 전혀 몰랐던 일이었다. "지금도 피우는지는 모르겠어. 하지만 이전에는 파이프가 있었고, 사과 향 나는 담배가 반쯤 차 있는 프린스 앨버트* 깡통도 있었거든. 하지만 확실히는 알 수 없는 일이지." 돌리는 라일리가 큰 소리로 웃자 갑자기 그를 의식하고 덧붙였다.

보통, 거리에서나 차를 타고 지나갈 때 보면 라일리는 잔뜩 굳어서 곧 화를 터뜨릴 것만 같은 표정을 짓고 있었다. 하지만 거기 멀구슬나무 위에서는 느긋해 보였다. 종종 웃음을 띠자 얼굴이 한층 더 멋있어 보였고, 우리가 진짜 친구는 아니라 하더라도 친근하게 굴려는 기색이 엿보였다. 돌리 쪽에서도 그가 옆에 있어도 편안하고 즐거운 듯 보였다. 라일리를 두려워하지 않는 것만은 분명했다. 어쩌면 우리가 나무 오두막 안에 있고, 나무 오두막이 돌리의 것이기 때문일 수도 있었다.

*파이프 담배 상표.

"다람쥐 고맙구나." 라일리가 떠나려 하자 돌리가 인사했다. "잊지 말고 꼭 다시 오렴."

라일리는 훌쩍 땅 위로 내려섰다. "차 태워드릴까요? 제 차 저기 묘지 옆에 서 있는데."

돌리가 말했다. "참 친절도 하네. 하지만 정말로 우리는 아무 데도 갈 곳이 없어."

라일리는 싱긋 웃으면서 총을 들어 우리를 겨눴다. 캐서린이 비명을 질렀다. 회초리로 맞아야 정신을 차리겠구나, 이 녀석. 하지만 그는 웃더니 손을 흔들며 뛰어갔다. 그의 개가 멍멍 짖으며 앞으로 돌진했다. 돌리는 명랑하게 말했다. "담배 한 개비씩 피워볼까." 라일리가 담뱃갑을 놓고 간 것이었다.

라일리가 마을에 도착했을 즈음, 소문이 벌떼의 비행처럼 공기 중에 울려댔다. 우리가 어떻게 야반도주했는지. 캐서린이나 나는 몰랐던 사실이지만 돌리는 쪽지를 남겨놓았고 베레나는 아침에 커피 마시러 내려왔다가 발견했다고 한다. 내가 알기로 이 쪽지에는 간단하게, 우리는 떠나니 베레나는 더 이상 우리 일에는 상관하지 않아도 된다는 말만 적혀 있었다. 베레나는 즉시 롤라 호텔에 묵던 친구 모리스 리츠에게 전화를 걸었고, 두 사람은 함께 터벅터벅 걸어가서 보안관을 깨웠다. 애초에 보안관이 그 자리에 앉을 수 있었던 것은 베레나의 후원 덕이었다. 그는 걸음이 빠르고 뻔뻔한 젊은이로, 카드 사기꾼처럼 턱은 사납게 생겼지만 눈빛은 숫기가 없었다. 이름은 주니우스 캔들이었다. (믿을 수 있나? 오늘날 상원의원인 바로 그 주니우스 캔들이다!) 부보안관으로 구성된 수색대가 결성되었다. 다른 마을의 보안관들에게까지 황급히 전보가 갔다. 몇 년 후, 탈보 가의 재산이 정리되는 와중에, 나는 손으로 직접 쓴 전보 원본을 보게 되었다. 내 생각엔 리츠 박사가 쓴 듯했다. "함께 여행하는 다음 사람들을 찾고 있음. 돌리 어거스타 탈보, 백인, 60세, 노란 기가 도는 백발, 마른 체격, 신장 160센티미터, 녹색 눈, 정신이 이상할지 모르지만 위험하진 않음, 케이크를 좋아하므로 제과점에 부착 바람. 캐서린 크리크, 흑인, 인디언인 척 행세함, 60세가량, 치아가 없어서 말을 잘 알아들을 수 없음, 키가 작고 덩치가 크며 힘이 세서 위험할 수도 있음. 콜린 탈보 펜윅, 백인, 16세, 더 어려 보임, 신장 170센티미터, 금발, 회색 눈, 마르고 자세가 나쁨, 입가에 흉터가 있고 뚱한 성격. 이 세 사람을 도망자로 수배함." 분명히 멀리 가진 않았을 거예요, 라일리는 우체국에서 이렇게 말했고, 우체국장인 피터스 부인은 전화로 달려가 라일리 헨더슨이 우리를 묘지 아래 숲 속에서 보았다고 전했다.

이런 소동이 벌어지는 동안 우리는 평화롭게 나무 오두막을 아늑하게 꾸미는 일에 착수했다. 캐서린의 손가방에서 우리는 장밋빛과 황금색으로 짠 퀼트 이불을 한 장 꺼냈다. 루크 카드 한 벌, 비누, 두루마리 화장지, 오렌지와 레몬, 촛불, 프라이팬, 블랙베리 술 한 병, 음식이 가득 든 신발 상자 두 개도 있었다. 캐서린은 식품 저장고를 탈탈 털어 왔다고 으스댔다. 그 사람이 아침 식사로 먹을 비스킷 하나 남겨두지 않았다고.

후에 우리는 모두 시내로 가서 찬물에 발을 담그고 얼굴을 씻었다. 이파리의 잎맥만큼 우즈 강에는 많은 시내가 있었다. 졸졸거리는 맑은 시냇물은 작은 강으로 구불구불 흘러갔고 강은 초록 악어처럼 숲 사이를 기어갔다. 겨울 정장 치마를 끌어올리고 각다귀 떼처럼 엉겨 붙는 귀찮은 베일을 휘날리며 물속에 선 돌리는 볼 만한 광경이었다. 나는 물었다. 돌리, 어째서 그 베일을 쓰고 있어요? 그러자 돌리가 대답했다. "하지만 숙녀가 여행을 할 때면 베일을 쓰는 게 점잖은 처신 아니겠니?"

우리는 나무로 돌아가 맛있는 오렌지에이드를 만들어 단지 가득 채우고 미래에 관해 의논했다. 우리의 총재산은 이 정도였다. 현금 47달러, 보석 장신구 몇 점, 그중에서도 캐서린이 소시지 속을 채우다 돼지 창자에서 찾아낸 프래터니티* 금반지가 제일 값어치 있는 물건이었다. 캐서린에 따르면 47달러만 있으면 어디든 갈 수 있는 버스표를 살 수 있다고 했다. 캐서린은 달랑

---

*대학의 남학생 클럽. 각 클럽은 그리스어 문자로 지칭되며 그에 걸맞은 상징을 가진다.

15달러 가지고 멕시코까지 간 사람을 알았다. 돌리와 나는 멕시코는 반대했다. 먼저, 말을 모르니까. 돌리가 말했다. 게다가 주 밖으로 함부로 나갈 수는 없어. 어딜 가든 숲에 가까이 있어야 해. 그렇지 않으면 어떻게 부종 치료약을 만들겠어? "솔직히 말하자면, 우린 여기 우즈 강에 자리를 잡아야 한다고 생각해." 돌리는 골똘히 생각에 잠겼다.

"이 늙은 나무에?" 캐서린이 물었다. "그런 생각은 머리에서 당장 꺼내버려, 돌리하트." 그러더니 덧붙였다. "바다 건너에 성을 사서 조금씩 집으로 옮겨 온 사람 얘기 신문에서 본 거 기억나지? 기억나? 음, 우리도 내 작은 집을 수레에 실어서 여기로 가져와야 할지도 모르겠어." 하지만 돌리가 지적했듯이 그집은 베레나 것이기 때문에 우리가 옮겨 올 수는 없었다. 캐서린은 대답했다. "자기 생각은 틀렸어. 어떤 남자를 먹여주고 옷을 빨아주고 아이를 낳아준다면 자기랑 그 남자는 결혼한 거잖아. 그러면 그 남자는 자기 것이지. 집을 쓸고 닦고 불씨를 지키고 장작을 채우고, 이렇게 했던 그 오랜 세월 동안 사랑이 있었다면 자기랑 그 집은 결혼한 거나 다름없지. 그러니 집은 자기거고. 내 관점은 그래. 그 집은 둘 다 우리 거야. 주님의 눈앞에서도 그 사람을 몰아내버릴 수 있어."

나도 생각을 하나 해냈다. 저기 흘러가는 강 아래 버려진 주거용 보트가 하나 있었다. 물때가 껴서 푸르뎅뎅하고 반쯤 잠긴 보트였다. 메기를 잡아서 생계를 꾸리던 노인의 재산이었는데, 그는 열다섯 살 난 흑인 소녀와 결혼하겠다고 신청서를 접수한 후에 마을에서 쫓겨났다. 내 생각은 이것이었다. 저 오래된 보트를 고쳐서 거기서 살면 어때요?

캐서린은 가능하다면 여생은 땅 위에서 보내고 싶다고 했다. "주님의 뜻에 따라서." 그러면서 주님의 뜻을 늘어놓기 시작했다. 그중 하나는 나무는 원숭이나 새들을 위한 곳이라는 것이었다. 하지만 이윽고 입을 다물더니 우리를 팔꿈치로 쿡쿡 찔렀다. 캐서린은 어안이 벙벙해서 숲이 들판으로 트인 곳을 가리켰다.

거기에는 우리 쪽으로 엄숙하고 뻣뻣하게 다가오는 무리가 똑똑히 보였다. 쿨 판사, 버스터 목사와 부인, 메이시 휠러 부인. 그리고 그들을 이끄는 사람은 주니우스 캔들 보안관이었다. 그는 끈으로 조이는 긴 부츠를 신고 허리춤에 권총을 펄럭이고 있었다. 햇빛에 비친 티끌이 노란 나비처럼 그들 주위에서 경쾌하게 움직였고, 블랙베리가 빳빳하게 풀을 먹인 도시 의상을 쓸었다. 메이시 휠러 부인은 다리를 치는 줄기에 화들짝 놀라 꺅 소리를 지르며 뒤로 펄쩍 뛰었다. 나는 웃음을 터뜨렸다.

그러자 그들은 내 웃음소리를 듣고 고개를 들어 우리를 바라보았다. 몇몇 얼굴에 당혹스러운 공포심이 모여들었다. 마치 동물원에 놀러 왔다가 우연히 어떤 우리로 들어선 사람들 같았다. 캔들 보안관은 한 손으로 권총의 공이치기를 당겨 세우며 앞으로 구부정하게 나섰다. 그는 해를 똑바로 들여다보는 양 실눈을 뜨고 우리를 쳐다보았다. "자 여길 봐요……." 그가 말을 시작했지만 버스터 부인이 말을 잘랐다. "보안관, 이 일은 목사님에게 맡겨놓기로 합의했잖아요." 남편이 신의 대표로서 매사 처음 말해야 한다는 것이 평소 부인의 신조였다. 버스터 목사는 헛기침을 했다. 맞잡아 문지르는 두 손은 마른 소리를 비벼 내는 벌레 더듬이 같았다. "돌리 탈보." 그렇게 야위고 키 작은 사람치고는 꽤 맑은 목소리였다. "당신 동생을 대신해서 말하건대, 그렇게 선량하고 우아한 여성이……."

"아무렴 그렇지요." 목사 부인이 맞장구치자, 메이시 휠러 부인도 앵무새처럼 따라했다.

"……요새는 슬픔과 충격에 사로잡혀 있다오."

"아무렴 그렇지요." 부인들은 성가대에서 훈련된 목소리로 되풀이했다.

돌리는 캐서린을 보더니 내 손을 잡았다. 주머니쥐들이 올라간 나무 주위를 포위한 개처럼 저 아래서 노려보고 있는 무리들이 무슨 말을 하는 건지 설명해달라는 듯했다. 돌리는 자기도 모르게, 그저, 두 손에 무언가 잡고 싶었던지 라일리가 남기고 간 담배 한 개비를 집었다.

"부끄러운 줄 알아요." 버스터 부인은 숱이 다 벗어져가는 작은 머리를 흔들며 꽥꽥거렸다. 부인을 늙은 대머리수리라고 부르는 사람들이 몇몇 있었는데, 단지 성격만을 두고 하는 말은 아니었다. 사악하게 생긴 작은 머리 말고도 어깨는 높이 솟아 구부정했고 덩치가 거대했다. "부끄러운 줄 알라고 했어요. 대체 어떻게 주님의 길에서 이처럼 멀리 벗어나 술 취한 인디언처럼 나무 위에 앉아 있을 수 있느냐 말이에요. 그렇게 담배를 꼬나문 꼴은 또 저속한……."

"매춘부 같죠." 메이시 휠러 부인이 뒷말을 이어주었다.

"……매춘부 같아요. 동생은 비탄에 빠져 자리에 드러누웠는데 말이죠."

수배 전단에서 캐서린을 위험하다고 묘사한 말은 맞았을지도 모른다. 캐서린이 벌떡 일어나 이렇게 말했으니까. "목사 댁 아줌마, 돌리하고 나를 매춘부라고 부르고 다니기만 해봐요. 내가 당장 내려가서 안짱다리가 되도록 후려쳐줄 테니." 다행스럽게도 아래 있는 사람들 중 아무도 캐서린의 말을 이해하지 못했다. 그랬더라면 보안관이 캐서린의 머리에 총알을 날렸을지도 모른다. 과장이 아니다. 마을의 백인 중 여럿은 그가 옳은 행동을 했다고 할 터였다.

돌리는 기가 막힌 얼굴이었지만 동시에 침착하기도 했다. 그러니까, 돌리는 툭 치마를 털고 말한 것이었다. "잠깐이라도 생각해봐요, 버스터 부인. 그러면 우리가 부인보다는 주님에게 더 가깝다는 사실을 깨닫게 될 테니. 몇 미터 더 가깝죠."

"잘했어요, 돌리 양. 그건 좋은 대답이라 하겠소." 그 말을 한 사람은 쿨 판사였다. 그는 손뼉을 치면서 감탄하듯 킬킬거렸다. "물론 저들이 주님에 더 가깝지." 판사는 주변의 얼굴들이 못마땅하게 차가운 표정을 지어도 기가 죽지 않았다. "저들은 나무 위에 있고 우리는 땅에 있으니까."

버스터 부인이 그에게로 빙 돌았다. "당신은 기독교인인 줄 알았는데요, 찰리 쿨. 내가 생각하는 기독교인의 자질엔 불쌍한 미친 여자를 비웃으며 부추기지 않는 행동도 포함되어 있답니다."

"아무나 마음대로 미쳤다고 하지 마시오, 텔마." 판사가 말했다. "그거야말로 기독교인답지 않구려."

버스터 목사가 공격을 개시했다. "똑바로 대답해요, 판사님. 자비의 정신으로 주님의 의지를 실천하지 않으려거든 뭐 하러 우리와 같이 온 거요?"

"주님의 의지?" 판사는 믿을 수 없다는 듯 말했다. "내가 지금 하는 행동보다 주님의 뜻에 더 가까운 일이 뭔지 모르는구먼. 어쩌면 주님이 저 사람들에게 나무 위에 올라가 살라고 했는지 모르지. 적어도 이건 인정하시오. 주님이 저들을 끌어내리라고 말씀하시진 않았잖소? 물론 베레나가 주님이 아닌 담에야. 그게 당신네 몇몇이 굳게 믿는 이론이겠지. 아, 보안관? 아니, 목사, 난 나 자신 말고는 그 누구의 의지도 따르지 않았소. 즉 내가 그저 산책하고 싶은 기분이었다는 뜻이지. 1년 중 이때가 숲이 가장 멋지거든." 그는 갈색 제비꽃을 따서 단춧구멍에 꽂았다.

"헛소리 말고 꺼지쇼." 보안관이 말을 시작했지만 다시 버스터 부인에게 가로막혔다. 어떤 경우라도 욕은 용납할 수 없다는 것이었다. 그렇죠, 목사님? 그러자 목사는 아내 편을 들면서, 그런 걸 용납했다간 자기들이 천벌을 받을 것이라고 했다. "이 상황은 내가 책임을 맡고 있어요." 보안관이 아이들 괴롭히는 골목대장 같은 턱을 내밀며 말했다. "이건 법으로 다룰 문제라고요."

"누구의 법이지, 주니우스?" 쿨 판사가 조용히 말했다. "내가 27년간 법원에 앉아 있었다는 사실을 기억하게. 자네 나이보다 더 오랜 세월이야. 조심해. 우리는 뭐가 되었든 돌리 양의 일에 간섭할 만한 법적 권리가 없네."

보안관은 기가 죽지 않고 나무 속으로 조금 올랐다. "더 이상 문제를 만들지 맙시다." 그는 살살 구슬리듯 말했다. 개의 이빨처럼 구부러진 치아가 바로 내려다보였다. "여기로 내려와요. 당신들 모두." 우리가 계속 둥지 튼 세 마리 새처럼 앉아만 있자 그는 이를 더 드러내더니, 나무를 흔들어 우리를 떨어뜨리려는 양 성이 나서 가지를 흔들었다.

"돌리 양, 당신은 이제까지 항상 조용한 사람이었잖아요." 메이시 휠러 부인이 말했다. "부디 내려와서 우리와 같이 집에 가요. 저녁 거르고 싶진 않을 거 아녜요." 돌리는 사실을 전하듯 우리는 배고프지 않다고 대답했다. 혹시 배고파요? "누구나 좋아할 만한 닭다리가 있는데."

캔들 보안관이 말했다. "정말 일을 어렵게 만드는군요, 아주머니." 그러더니 그는 좀 더 가까이 올라왔다. 나뭇가지 하나가 그의 무게를 견디지 못하고 뚝 부러져 나무 사이로 슬프고 잔인한 천둥소리가 전해졌다.

"저자가 누구 한 사람에게 손이라도 대면 머리를 차버려요." 쿨 판사가 충고했다. "아니면 내가 하지." 그러더니 그는 갑작스레 용맹스러운 호전성을 내보였다. 무슨 신들린 개구리처럼 펄쩍 뛰어 보안관의 대롱거리는 부츠 한쪽을 잡은 것이다. 그러자 보안관은 대신 내 발목을 잡았고, 캐서린은 내 허리를 붙들어야 했다. 우리는 주르륵 미끄러졌다. 우리 모두가 떨어지는 건 필연적인 결과였고 당기는 힘이 너무 거대했다. 그동안 돌리는 만들고 남은 오렌지에이드를 보안관의 목에 쏟아붓기 시작했고, 그러자 보안관은 욕설을 퍼부으며 나를 홱 놓아버렸다. 그들은 땅으로 쿵 떨어졌다. 보안관이 판사 위에 떨어졌고, 그 밑에 버스터 목사가 깔렸다. 메이시 휠러 부인과 버스터 부인이 이 재난에 한몫을 더해 까마귀처럼 죽는다 비명을 지르며 남자들 위로 넘어졌다.

방금 일어난 사건과 자기가 한 역할에 오싹해진 돌리는 넋이 빠져서 오렌지에이드 단지를 떨어뜨렸다. 단지는 버스터 부인의 머리 위에 떨어지며 잘 익은 수박처럼 뎅 소리를 냈다. "죄송해요." 돌리는 사과했지만 이 아수라장에 돌리의 말을 듣는 사람은 없었다.

아래에서 얽힌 무리들은 서로 몸을 빼낸 뒤, 창피해서 서로 멀찍이 서서 자기 몸을 꼼꼼하게 살펴보았다. 목사는 약간 납작하게 눌린 듯했으나 뼈가 부러진 데는 없었고, 숱 적은 머리에 혹이 피라미드처럼 솟은 버스터 부인만이 아프다고 투덜댈 만했다. 부인은 아주 대놓고 말했다. "당신이 날 공격했단 말이지, 돌리 탈보. 발뺌할 생각은 마요. 여기 있는 모두가 증인이니까. 모두 당신이 그 단지를 내 머리에 겨냥한 걸 봤다고! 주니우스, 저 여자를 체포해요!"

하지만 보안관은 자신의 적과 의견 차이를 해결하느라 정신이 없었다. 그는 두 손으로 허리를 짚고 몸을 건들거리면서 판사에게 덤벼들었다. 판사는 단춧구멍에 제비꽃을 고쳐 꽂는 중이었다. "이런 늙은이만 아니었다면, 때려눕히고도 남았을 거요."

"난 그렇게 늙은이는 아니라네, 주니우스. 그저 자고로 남자라면 숙녀들 앞에서 싸워선 안 된다고 생각할 만큼 나이가 들었을 뿐이지." 판사가 말했다. 풍채가 좋은 판사는 어깨가 튼튼하고 몸이 꼿꼿했다. 일흔 살은커녕, 50대라고 봐도 될 정도였다. 판사가 불끈 쥔 주먹은 코코넛처럼 단단하고 털이 무성했다. "하지만." 그가 무시무시하게 말했다. "자네가 준비됐다면 나도 됐네."

그 순간 꽤 정정당당한 경기처럼 보였다. 심지어 보안관이 자신이 없어 보일 정도였다. 호기가 점점 수그러들자 그는 손가락 사이로 침을 뱉으며 말했다. 뭐, 늙은이를 때린다고 뭐라 할 사람은 없을 거야. "맞선다고 뭐라 할 사람도 없겠지." 쿨 판사가 되쏘았다. "가보게, 주니우스. 셔츠를 바지 속에 쑤셔 넣고 집으로 터덜터덜 걸어가시지."

보안관은 나무 속에 앉은 우리에게 항의했다. "괜한 수고 하지 마쇼. 거기서 내려와서 지금 당장 나랑 같이 가요." 우리는 꼼짝도 하지 않았다. 다만 돌리가 베일을 내렸을 뿐이었다. 마치 그 화제에 영원히 커튼을 드리우는 것 같았다. 버스터 부인은 머리에 뿔처럼 돋아난 혹을 쓰다듬으며 불길하게 말했다. "신경 쓰지 마요, 보안관. 기회는 이미 주었으니까." 그러더니 돌리를 쳐다보다 판사에게 시선을 돌려 덧붙였다. "이런 짓을 저지르고도 무사할 거라고 생각하겠죠. 하지만 분명히 응보가 있을 거예요. 천국에서가 아니면 바로 여기 지상에서라도."

"바로 여기 지상에서." 메이시 휠러 부인이 화음을 맞췄다.

그들은 결혼 행진처럼 꼿꼿이 등을 펴고 오만하게 오솔길을 따라 햇빛 속으로 들어갔다. 빨갛게 구르는 풀잎이 쓸리면서 그들을 삼켜버렸다. 나무 아래에서 서성거리던 판사는 우리를 보고 미소를 짓더니 살짝 정중하게 목례를 하며 말했다. "내 기억으로는 누구나 좋아할 만한 닭다리를 주겠다고 한 것 같소만?"

그는 나무의 각 부분으로 조립한 듯도 했다. 코는 나무 못 같고, 다리는 오래된 뿌리처럼 튼튼했으며 눈썹은 나무껍질처럼 짙고 질겼다. 앞가르마를 탄 머리카락은 가장 높은 나뭇가지 사이에 깔린 은색 이끼와 같은 색이었고, 뺨은 이웃한 높은 나무에서 걸러 내린 듯 떨어진 플라타너스 이파리와 같은 쇠가죽색이 돌았다. 빈틈없어 보이는 수고양이 눈을 하고 있어도 얼굴의 전체 인상은 수줍고 촌스러웠다. 보통 그는 자기 자신을, 자신이 찰리 쿨 판사임을 과시하는 그런 사람은 아니었다. 그의 겸손을 악용해서 그를 누르고 위에 서려고 하는 사람들이 많이 있었다. 하지만 그 누구도 판사처럼 하버드 대학교를 졸업했다든가 유럽 여행을 두 번 했다고 말할 순 없었다. 그래도, 여전히 악의를 품고 그가 잘난 척한다고 느끼는 이들은 있었다. 그 사람 매일 아침 식사 전에 그리스어 책을 한 페이지씩 읽어야 하지 않겠어? 대체 단춧구멍에 꽃을 늘 꽂고 다니는 남자란 어떤 인간이람? 어떤 이들은 물었다. 오만한 사람이 아니라면 어째서 우리 동네 출신 여자와 결혼하는 대신 켄터키까지 그 먼 길을 가서 아내를 찾았겠어? 판사의 아내는 기억나지 않는다. 부인은 내가 그 존재를 알 만큼 나이 들기 전에 죽었으므로 내가 여기

반복하는 이야기는 모두 건너 들은 것뿐이다. 이런 얘기였다. 이 마을은 결코 아이린 쿨을 따뜻하게 받아주지 않았고, 겉보기에는 잘못은 그 여자에게 있었다고 한다. 켄터키 여자들은 우선 까다롭고, 과민하며, 마음이 거칠다고들 했다. 아이린은 볼링그린의 토드 가 출신이었는데(7촌뻘인 메리 토드가 에이브러햄 링컨과 결혼했다), 이 동네 사람 모두를 시대에 뒤떨어지고 천박한 이들이라고 생각하는 티를 역력히 드러냈다. 아이린은 마을 부인 누구도 가까이 받아주지 않았지만, 바느질을 맡겼던 파머 양은 아이린이 판사의 집에 동양 융단과 골동품 가구를 들여놓으면서 그 집을 취향과 기품이 있는 공간으로 바꾸어놓았다는 소문을 퍼뜨리고 다녔다. 아이린은 피어스애로의 차창을 다 올린 채 교회까지 운전해서 다녔고, 교회에서는 코롱을 뿌린 손수건으로 코를 막고 앉았다. 주님의 냄새는 아이린 쿨이 견딜 만큼 좋지 않은가보지. 더욱이, 절대로 동네 의사들에게 식구들의 진찰을 맡기지 않았다. 자기 본인이 반 장애인인데도. 작은 등뼈가 탈구되어 판자로 만든 침대에서 자야만 했다. 그래서 판사가 온몸에 못이 박혔다는 조잡한 농담이 돌기도 했었다. 그래도 판사 슬하에는 두 아들이 있었다. 토드와 찰스 주니어. 둘 다 켄터키 출신이었다. 그 어머니가 아이들은 왕포아풀 주* 토박이

*켄터키 주의 별칭.

가 되어야 한다면서 출산 때마다 거기까지 갔더라고 했다. 하지만 판사가 아내의 거슬리는 행각 때문에 피해를 입었다고 불쌍한 남자라고 우기려는 사람들도 확실한 증거를 찾지 못했고 부인이 죽은 후에는 가장 매정하게 그들을 흥보았던 이들도 찰리 영감이 아내 아이린을 사랑한 것만은 확실하다고 인정할 수밖에 없었다. 아이린의 인생에서 마지막 2년 동안, 그녀가 무척 아파서 짜증을 내자 그는 순회판사직을 은퇴하고 두 사람이 신혼여행에서 갔던 곳들로 아내를 데리고 다녔다. 아이린은 다시 돌아오지 않았다. 그녀는 스위스에 묻혔다. 얼마 전에 여기 마을에서 학교 선생을 하는 캐리 웰스가 유럽으로 단체 여행을 간 적이 있었다. 유럽 대륙과 이 마을을 이어주는 것이라고는 무덤밖에 없었다. 군인들과 아이린 쿨의 무덤. 그래서 캐리는 스냅사진을 찍을 카메라로 무장하고 그 무덤을 모두 방문하려고 길을 나섰다. 어느 날 오후를 꼬박 바쳐 뭉게구름이 뜬 묘지를 헤매고 다녔지만 판사 부인의 무덤은 찾을 수 없었다. 아이린 쿨이 거기 산허리에 평온히 앉아 아직도 마을 사람을 받아주지 않는다는 생각을 하면 참 우습다. 판사가 돌아왔을 때는 별로 남아 있는 게 없었다. 메이셀프 톨사프와 그 무리 같은 정치가들이 권력을 잡았다. 이런 자들은 찰리 쿨을 법원에 앉혀놓을 여력이 없었다. 판사처럼 잘생긴 남자가 몸에 딱 맞게 재단한 양복 소매에 검은 비단 상장을 두르고 단춧구멍에 체로키 장미를 꽂은 모습은 꽤 가슴 아픈 광경이었다. 우체국에 가거나 은행에 들르는 것 외에는 달리 할 일이 없는 모습을 보는 것도 가슴 아픈 광경이었다. 그의 아들들은 은행에서 일했다. 입매가 딱딱하고 신중한 두 남자는 쌍둥이라고 해도 될 만큼 닮았다. 둘 다 마시멜로처럼 하얗고 어깨가 축 처졌으며 눈에는 물기가 촉촉했다. 찰스 주니어가 이미 대학 때 머리숱이 적어지기 시작한 쪽으로 지금은 은행 부지점장이었고, 차남 토드는 은행에서 현금 출납을 담당하는 지배인이었다. 어느 모로 보나 두 아들은 아버지를 닮은 구석이 없었다. 켄터키 출신 여성과 결혼했다는 점만 빼면. 이 며느리들이 판사의 집을 이어받아 각각의 출입구가 붙어 있는 아파트 두 개로 나누었다. 노인은 처음에는 한쪽 아들 가족과 같이 살다가 다음에는 다른 아들네로 옮겨 가기로 협의를 했다. 그가 숲으로 산책 나오고 싶은 기분이 들었다 해도 하등 놀랄 일이 아니었다.

"고맙구려, 돌리 양." 판사는 손등으로 입을 닦았다. "소년 시절 이후 이렇게 맛있는 닭다리는 처음이야."

"저희가 해드릴 수 있는 게 너무 약소하네요, 닭다리라니. 참 용감하셨어요." 돌리의 목소리에는 내가 듣기에 어울리지 않고 위엄이 없는, 감정적이고 여성적인 떨림이 어려 있었다. 그러니 캐서린에게도 그렇게 보였던 것이 분명했다. 캐서린은 돌리에게 꾸짖는 눈길을 휙 보냈다. "뭔가 좀 더 드시지 않겠어요, 케이크라거나?"

"아닙니다, 고마워요. 충분히 먹었어요." 판사는 조끼에서 금
시계와 사슬을 풀더니, 사슬을 올가미처럼 매듭 지어 머리 위
튼튼한 가지 위에 걸었다. 시계는 크리스마스 장식처럼 대롱대
롱 매달렸다. 깃털처럼 희미하게 똑딱거리는 소리는 섬세한 존
재, 반딧불이, 개구리의 심장 박동 소리 같았다. "시간이 지나는
소리를 들을 수 있으면 하루가 좀 더 길게 지속된다오. 난 이제
긴 하루를 즐기게 되어서." 그는 구석에 잠들어 있는 양 웅크리
고 있는 다람쥐들의 털을 쓸었다. "머리를 정통으로 맞혔군. 총
솜씨가 훌륭하구나, 얘야."

물론 나는 그 찬사를 받아야 할 정당한 대상에게로 돌렸다.
"라일리 헨더슨이었구나?" 판사는 말하더니 우리 소재를 알려
준 사람이 라일리라고 했다. "그전에, 그 사람들 전보를 100달
러어치나 보냈을걸." 판사는 그 생각을 하더니 웃긴지 킬킬거
렸다. "아마 베레나가 몸져누운 건 그 돈 때문에 속이 쓰려서일
거요."

돌리는 얼굴을 찡그렸다. "정말 상식이라고는 한 톨도 없어
요. 모두들 그런 식으로 추악하게 행동하다니. 다들 미쳐서 우
릴 죽일 정도였잖아요. 왜 그러는지, 베레나와 무슨 상관인지
모르겠네요. 베레나는 우리가 자기를 평화롭게 놔두려고 떠난
다는 사실을 알고 있었거든요. 제가 말했어요. 심지어 쪽지도

남겼어요. 하지만 베레나가 아프다면…… 아픈가요, 판사님? 난 베레나가 아픈 모습을 본 적이 없는데."

"하루도 없었지." 캐서린이 말했다.

"아, 성이 잔뜩 났지." 판사는 만족감을 역력히 드러내며 말했다. "하지만 베레나는 아스피린으로 고칠 수 있는 병으로는 쓰러질 여자가 아니잖소. 그 사람이 묘지를 재정비하겠다고 할 때가 기억나는군. 자기랑 당신네 탈보 가 사람들이 들어갈 능을 짓겠다나 하며. 근처 사는 부인 중 한 명이 내게 와서 이러더군요. 판사님, 베레나 탈보가 이 동네에서 가장 소름 끼치는 여자라고 생각지 않으세요? 자길 위해서 그렇게 큰 무덤을 지을 생각을 하다니. 그래서 내가 대답했지. 아니, 소름 끼치는 것이 있다면 그 여자가 자기가 죽을 것이라고는 한순간도 생각하지 않으면서 그 돈을 기꺼이 쓰려고 한다는 사실이지."

"제 동생을 그렇게 헐뜯는 말은 듣기 싫네요." 돌리가 딱 잘라 말했다. "베레나는 열심히 일했고 자기가 원하는 건 가질 자격이 있어요. 우리 잘못이에요. 어떤 면으로는 우리가 그 애를 실망시켰으니까, 그 집에 우리 자리는 없었던 거죠."

캐서린의 숨이 씹는담배처럼 입안에서 꿈틀거렸다. "당신 나의 돌리하트 맞아? 아니면 어느 위선자인가? 이분은 친구시잖아. 이분에게는 사실을 말해야지. 그 사람하고 그 작다리 유대인이 어떻게 우리 약을 훔치려고 했는지……."

판사는 통역을 요청했지만 돌리는 그저 말도 안 되는 헛소리니 다시 되풀이할 가치가 없다고 일축한 후 다람쥐 가죽 벗기는 법을 아느냐며 화제를 돌렸다. 판사는 몽롱하게 고개를 끄덕이며 우리에게서 시선을 돌려 머리 위를 쳐다보았다. 도토리 같은 눈은 푸른 하늘이 술 장식처럼 테두리에 달리고 산들바람에 이리저리 놀림 받는 나뭇잎을 훑었다. "어쩌면 우리 중 누구도 자기 자리는 없는지 모르지. 어딘가 있기는 있다는 것을 알긴 하지만. 우리가 거길 찾아서 한순간이라도 살 수 있다면 축복받은 인생이라고 할 수 있겠어. 여기가 자네들 자리인지도 모르지." 그는 하늘에 쭉 뻗은 날개가 차가운 그늘을 드리운 듯 몸을 떨었다. "그리고 내 자리일지도."

금시계가 시간의 소리를 내며 미묘하게 돌듯이, 오후는 석양을 향해 빙 돌아 나아갔다. 강에서 피어오르는 물안개, 가을 실안개가 청동과 푸른빛으로 빛나는 나무 사이에서 달빛을 따라 그렸고, 겨울의 영상인 햇무리가 옅어지는 태양 주위를 고리처럼 둥글게 감쌌다. 아직도 판사는 우리를 떠나려 하지 않았다. "여자 둘과 소년 하나인데? 밤의 자비에 맡겨두라고? 주니우스 캔들과 그 바보들이 무슨 짓을 꾸미는지 어떻게 알고? 자네들이랑 붙어 있어야겠네." 물론, 우리 넷 중에서 나무에서 자기에게 가장 잘 어울리는 자리를 찾아낸 사람은 판사였다. 그를 보고 있으면 즐거웠다. 토끼 코처럼 반짝거리며 이제 자기 자신이 다시 남자로 돌아왔다고 느끼는 모습을. 아니, 그 이상으로 그는 보호자였다. 판사가 잭나이프로 다람쥐 가죽을 벗기는 동안 나는 땅거미 속에서 나뭇가지를 모아 나무 아래 프라이팬을 얹을 불을 피웠다. 돌리는 블랙베리 술병을 땄다. 그러면서 공기 중에 냉기가 있어서 그랬다고 평계를 댔다. 다람쥐 고기는 아주 맛있고 보들보들했다. 판사는 자랑스럽게 언젠가 자기가 튀긴 메기를 먹어봐야 한다고 말했다. 우리는 말없이 술을 찔끔찔끔 마셨다. 이파리 냄새와 식어가는 불에서 실려 온 연기가 또 다른 가을들에 관한 생각을 불러왔다. 우리는 한숨을 지으며, 풀이 자란 들판에서 포효하는 바다처럼 울리는 노랫소리를 들었다. 유리 단지에 꽂은 촛불이 깜박였고, 균형을 맞추어 촛불 주위를 도는 집시 나방들은 검은 나뭇가지 사이에서 노란색 스카프를 휘날리는 조종사 같았다.

그때, 발소리까지는 아니지만 무언가 침입한 막연한 감각이 들었다. 그저 달이 뜬 것뿐일지도 몰랐다. 다만 달은 보이지 않았다. 별도 뜨지 않았다. 블랙베리 술처럼 캄캄했다. "누군가 있는 것 같아요. 저기 아래 뭔가 있어요." 돌리가 우리 모두의 느낌을 대신 표현했다.

판사는 촛불을 들었다. 빛이 앞으로 쏠리자 밤벌레들이 물러났다. 눈처럼 하얀 올빼미 한 마리가 나무 사이로 날아갔다. "거기 누구요?" 판사는 군인처럼 단호하게 도전했다. "대답해요.

거기 누구요?"

"저예요, 라일리 헨더슨." 정말 그였다. 그는 그림자 속에서 빠져나왔고 높이 쳐든 웃는 얼굴은 촛불 빛 속에서 일그러지고 사악하게 보였다. "어떻게 지내고 있는지 보러 와야겠다 생각했어요. 저한테 앙심 품지 않았죠? 다들 어디 있는지 말하지 않았어야 했는데. 무슨 소동인지 미리 알기만 했더라도."

"자네 탓하는 사람은 아무도 없네." 판사가 말했다. 나는 라일리가 외삼촌 호레이스 홀튼에게 맞섰을 때 그 뜻이 정당하다고 편을 들어준 사람이 판사였다는 사실을 떠올렸다. 둘 사이에는 서로 이해하는 마음이 있었다. "우리는 술 좀 즐기고 있었지. 자네도 우리와 함께해준다면 돌리 양이 무척 기뻐할 텐데."

캐서린은 자리가 없다고 불평했다. 1그램만 더 얹어도 오래된 판자가 폭삭 무너질 거라고. 그래도 우리는 라일리에게 자리를 내주려고 옹기종기 모여 앉았다. 라일리가 틈에 끼어 앉자마자 캐서린이 그의 머리카락을 한 주먹 움켜쥐었다. "이건 오늘 내가 그러지 말라고 했는데, 네 녀석이 총을 우리에게 겨눈 벌이야. 그리고 이건." 캐서린은 다시 잡아당기면서 모두 알아들을 수 있을 만큼 똑똑히 말했다. "보안관이 우리를 덮치도록 이른 대가고."

내가 볼 때 캐서린이 너무 무례한 것 같았지만, 라일리는 사람 좋게 툴툴거리면서 이 밤이 끝나기 전에 다른 사람의 머리

를 잡아당길 더 좋은 구실이 생길지도 모른다고 말했다. 사연인
즉, 마을에는 흥분이 높아져서 사람들이 토요일 밤처럼 모여들
었다는 것이었다. 버스터 목사와 부인이 특히 말썽을 부리고 있
다고 했다. 버스터 부인은 현관 앞 베란다에 앉아 방문객들에게
머리의 혹을 보여주었다. 캔들 보안관은 우리가 베레나의 재산
을 훔친 혐의로 체포 영장을 발부할 수 있게 해달라고 베레나를
설득했다.

"게다가 판사님." 라일리는 심각하고 당혹스러운 태도로 말
했다. "심지어 판사님까지 체포할 계획을 세우고 있어요. 평화
를 교란하고 법 집행을 방해한 죄로요. 하지만 은행 바깥에서
판사님 아들 중 한 사람하고 마주쳤는데, 토드요. 제가 어떻게
할 거냐고 물어봤죠. 아버지를 체포하려고 하는데 어쩌냐는 뜻
이죠. 그런데 아무것도 안 해, 라고 하는 거예요. 그런 일이 일
어날 줄 알았다면서, 아버지가 자초한 일이라고."

판사는 몸을 앞으로 숙여 촛불을 불어 껐다. 그의 얼굴에 나
타난 표정을 우리에게 보여주기 싫은 듯했다. 어둠 속에서 우리
중 한 명이 울기 시작했다. 잠시 후 우리는 그 사람이 돌리인 것
을 알았다. 돌리의 눈물 소리가 우리 마음속에서 조용히 사랑을
터뜨렸다. 이 애정이 한 바퀴 돌면서 우리를 서로서로 묶어주었
다. 판사가 부드럽게 말했다. "그들이 올 때, 우리는 미리 태세
를 갖추고 있어야겠군. 자, 모두들 내 말 잘 들어요……."

3

"우리 입장을 방어하기 위해선 확실히 알고 있어야 하오. 이게 기본 규칙이지. 그러므로, 무엇이 우리를 한데 묶어주었나? 곤경이지. 돌리 양과 친구들은 곤경에 빠져 있소. 자네, 라일리, 우리 둘도 곤경에 빠졌네. 우리는 이 나무의 일원이 되든가, 아님 여기 있어서는 안 되네." 판사의 자신 있는 목소리 아래서 돌리는 점점 말이 없어졌다. 판사가 말했다. "오늘, 보안관 무리와 출발할 때, 나는 인생이 아무와도 통하지 않고 흔적도 남지 않은 채 지나가리라 확신했던 사람이었지. 이젠 내가 그렇게 운이 없었던 건 아니었다는 생각이 드는군. 돌리 양, 얼마나 되었을까? 50년, 60년? 난 아주 오래전의 당신 모습을 기억하오. 뻣뻣하고 얼굴을 잘 붉히는 아이가 아버지의 수레를 타고 시내에 왔었지. 수레에선 절대로 내리지 않았어. 자기가 신발을 신지 않고 있다는 걸 시내 아이들에게 들키고 싶지 않았으니까."

"신발 있었는데요, 돌리랑, 그 사람은." 캐서린이 웅얼거렸다. "신발이 없던 건 나였지."

"내가 그렇게 오랜 세월 동안 봐왔는데도 당신을 몰랐던 것 같소. 오늘 아는 것처럼 당신이 진짜 어떤 사람인지 알아보지 못했지. 정령, 이교도……."

"이교도요?" 돌리는 놀랐지만 흥미가 생긴 표정이었다.

"그럼, 적어도, 정령이라고 합시다. 눈만으로는 헤아릴 수 없는 사람. 정령은 생명을 담은 이고, 각자 다른 삶을 인정하므로 결과적으로 언제나 곤경에 빠지게 되지. 나 자신으로 말하자면 결코 판사가 되어서는 안 되었을 거요. 그러면서, 종종 바르지 못한 편에 서곤 했지. 법은 차이를 인정하지 않으니까. 카퍼 노인 기억해요? 저 강 위 보트에서 살던 낚시꾼? 그 사람 마을에서 쫓겨났지, 예쁜 흑인 소녀와 결혼하려고 했다는 이유로. 이제 그 아가씨는 포스텀 부인 댁에서 일하는 것 같더군. 그 아가씨가 노인을 사랑했다는 것을 알 거요. 나도 낚시 갔을 때 두 사람을 봤지. 함께 있어서 무척 행복해했소. 노인에게 그 아가씨의 존재 같은 사람은 내게는 한 번도 없었소. 세상에 단 한 사람. 아무 비밀도 가질 수 없는 사람. 그래도, 그 사람이 여자애랑 결혼하는 데 성공했다면 그를 체포하는 게 보안관의 임무고 그에게 형을 내리는 게 내 임무가 되었겠지. 가끔 내가 유죄 선고를 내렸던 사람들이 내게 진정한 죄책감을 안겨주며 마음속에 스쳐 갈 때가 있소. 그래서 어떤 면에서는 나는 죽기 전에 한 번만이라도 올바른 쪽에 서고 싶다는 생각을 하게 된 거요."

"지금 올바른 쪽에 서 있잖아요. 그 사람하고 저 유대인이……."

"쉿." 돌리가 막았다.

"세상에 단 한 사람." 판사의 말을 되풀이한 사람은 라일리였다. 그의 목소리는 질문을 던지듯 그 자리에 남았다.

"내 말뜻은." 판사가 설명했다. "모든 얘기를 할 수 있는 사람 말이오. 그런 걸 바라다니 멍청한 걸까? 하지만, 아, 우리가 서로에게 비밀을 숨기고 우리가 누구인지 밝혀질까 두려워하며 쏟는 기운이 얼마나 아까워. 하지만 여기 우리가 있어요. 진정한 모습이 밝혀져서. 한 나무에 다섯 바보. 대단한 행운이라고 할 수 있지, 우리가 어떻게 쓰이는지만 알면. 더 이상 우리가 어떤 그림으로 보일지 걱정할 필요가 없소. 진정한 우리는 누군지 자유롭게 알아낼 수 있다는 거요. 아무도 우리를 쫓아내지 않는다는 것만 알면. 우리 친구들이 모여 차이를 부정할 음모를 꾸미는 건 그들 자신이 누군지 확실하지 않기 때문이오. 과거의 나는 나 자신을 낯선 사람들에게 야금야금 줘버렸지. 건널판자를 건너 배를 타고 사라진 사람들, 다음 역에서 바로 내린 이들. 다 합쳐보면 그들이 세상에 단 한 사람을 이룰지도 몰라. 하지만 그 사람은 백 개의 다른 거리를 따라 움직이는 여남은 개의 다른 얼굴이 있는 사람일 거요. 이번이 그런 사람을 찾을 내 기회요. 당신들이 바로 그 사람들이고. 돌리 양, 라일리, 모두들."

캐서린이 말했다. "난 얼굴이 열 개나 달린 사람이 아닌데요. 무슨 그런 생각이 다 있어요." 이 말에 돌리는 기분이 상해서, 캐서린에게 예의를 갖춰 말하지 않으려거든 가서 잠이나 자는 게 어떻겠냐고 말했다. "하지만 판사님." 돌리가 말했다. "우리가 서로에게 털어놓아야 한다고 할 때 뭘 염두에 두고 계신지 모르겠네요. 비밀 말인가요?" 돌리는 말을 우물쭈물 맺었다.

"비밀이라니, 아니오, 아니야." 판사는 성냥을 그어 촛불에 다시 불을 붙였다. 의외롭게 가련한 표정을 띤 그의 얼굴이 우리 앞으로 턱 뛰어들었다. 자기를 도와줘야 한다고, 그는 간청하고 있었다. "밤 얘기를 하자면, 사실 달이 없어요. 무슨 말을 하든지 그건 별로 중요하지 않아요. 하지만 그 말을 할 때 신뢰를 가지고 하고, 그 말을 받아들일 때 동정을 가지고 받아들여야 한다는 거지. 내 아내인 아이린은 놀라운 여자였소. 우리는 뭐든 함께 나눴지. 하지만 그래도, 그래도 우리 사이를 아무것도 묶어주지 못했어. 우리는 서로 닿을 수 없었소. 아이린은 내 품 안에 안겨 죽었어요. 마지막에 난 말했지. 행복해, 아이린? 내가 당신을 행복하게 해주었어? 행복해, 행복해, 행복해. 그게 아내의 마지막 말이었소. 애매하게. 아내가 그렇다고 한 건지,

아니면 메아리처럼 따라한 건지 절대 이해할 수 없었지. 내가 아내를 진짜로 알았더라면 분간할 수 있었을 거야. 내 아들들. 난 아이들에게 그다지 존중받지 못해요. 아버지로서보다는 인간으로서 더 바랐던 것이지. 불행하게도 아들들은 나에 관해 뭔가 부끄러운 사실을 알고 있다고 생각해요. 그게 뭔지 말해주리다." 촛불 빛에 비친 씩씩한 눈이 우리를 한 명씩 훑었다. 마치 우리의 의도와 신뢰를 시험하는 듯했다. "5년 전, 거의 6년 전인가, 내가 기차 좌석에 앉아 있는데 어떤 아이가 아동 잡지를 놔두고 갔소. 그 잡지를 주워서 넘겨보다가 뒤표지에서 다른 아이와 편지 친구를 하고 싶어 하는 아이들의 주소를 보았지. 알래스카에서 사는 꼬마 소녀도 있었는데, 그 애의 이름이 끌렸소. 헤더 폴스. 나는 그 아이에게 그림엽서를 보냈소. 세상에, 별로 남에게 해될 것도 없고 유쾌한 일처럼 보였지. 소녀는 금방 답장을 보냈소. 편지를 보고 나는 깜짝 놀랐지. 알래스카에서의 삶을 아주 지적으로 설명해놓았어요. 아버지의 양 농장과 북극의 빛을 근사하게 묘사했지. 소녀는 열세 살이 된다면서 자기 사진을 동봉했소. 예쁘진 않았지만, 똑똑하고 착해 보이는 애더군. 나는 오래된 사진첩을 뒤져 내가 열다섯 살 때 낚시 여행을 갔다가 찍은 코닥 사진을 찾았지. 태양 아래서 송어를 한 손에 들고. 꽤 새것같이 보이더라고. 나는 소녀에게 아직도 그 소년인 것처럼 편지를 썼어. 크리스마스 선물로 받은 총 이야기도 하고, 개가 강아지를 낳아 이름을 어떻게 붙였는지, 마을에 온 순회공연도 묘사해주었지. 다시 청소년기가 되어 알래스카에 여자 친구를 두다니……. 음, 시계 소리만 들으며 홀로 앉아 있던 노인에게는 즐거운 일이었어. 나중에 소녀가 편지를 써서 알던 남자와 사랑에 빠졌다고 말하자 나는 정말로 질투로 마음이 저릿했지. 젊은 아이들이 그러듯이. 하지만 우리는 친구로 남았소. 2년 전, 내가 로스쿨에 진학하려고 한다고 하자, 그 아이는 내게 금덩이를 하나 보내주었지. 내게 행운을 가져다줄 거라고 말하더군." 판사는 금덩이를 주머니에서 꺼내 우리가 볼 수 있도록 들었다. 그것을 보니 소녀, 헤더 폴스가 한층 더 가까이 느껴졌다. 판사의 손바닥 위에 똑바로 놓여 부드럽게 빛을 발하는 선물이 소녀의 심장 한 부분인 듯했다.

"아드님들이 수치스럽다고 여기는 게 그거예요?" 돌리는 분개했다기보다 발끈한 어조로 말했다. "판사님이 알래스카에 사는 외로운 아이가 친구를 가질 수 있도록 도와주었다고 해서? 거긴 눈이 참 많이 오죠."

쿨 판사는 한 손으로 금덩이를 감쌌다. "아이들이 내게 말로 한 건 아니라오. 하지만 애들이 밤에 말하는 소리를 들었지. 아들들이 며늘아기들과. 날 어떻게 하면 좋을지 알고 싶다고 하더군. 물론 애들이 편지를 훔쳐본 거라오. 나는 신조에 따라 서랍을 잠그지 않아요. 자기 집인데도 열쇠 없이 살 수 없다니 참 이상하지 않은가. 애들은 그게 모두 징조라고 했어……." 판사는 자기 머리를 톡톡 두드렸다.

"나도 편지를 한 번 받은 적 있는데. 콜린, 아가, 한 잔 따라보렴." 캐서린은 술을 가리키며 말했다. "아니나 다를까, 저도 편지를 한 번 받았다니까요. 아직도 어딘가 갖고 있는데. 누가 쓴 건지 궁금해하면서 20년을 보관하고 있죠. 이렇게 쓰여 있어요. 안녕 캐서린, 마이애미에 와서 나와 결혼해요. 사랑을 보내며, 빌."

"캐서린. 어떤 남자가 청혼을 했는데, 나한테 한마디도 안 했다는 거야?"

캐서린은 어깨를 약간 으쓱했다. "뭐, 돌리하트, 판사님이 뭐라고 했어? 누구에게든 뭐든 말할 수 있는 건 아니라잖아. 게다가 내가 아는 빌이 얼마나 많은데. 그중 누구와도 결혼할 생각 없었어. 걱정이 되는 건 어떤 빌이 그 편지를 썼을까, 하는 거야. 내가 이제까지 받아본 유일한 편지니까 알고 싶어. 내 집에 지붕을 얹어준 빌일 수도 있겠지. 물론 지붕이 다 올라갈 즈음에는, 맙소사, 나이가 들어서 그런 생각을 진지하게 해본 지도 한참 흐른 다음이었어. 뜰을 갈아준 빌도 있었는데. 1913년 봄이었지. 그 남자는 정말 밭이랑을 아주 똑바로 갈 줄 알더라. 게다가 닭장을 지어준 빌도 있고. 풀먼 침대차에서 일자리를 얻어서 가버렸지. 어쩌면 내게 편지를 쓴 사람이 그 사람이었을지도 몰라. 아니면 또 다른 빌, 아아, 그 사람 이름은 프레드였지. 콜린, 아가, 이 술 죽이게 좋구나."

"나도 한 방울 더 마셔야겠다." 돌리가 말했다. "내 말은, 캐서린이 내게 그런……."

"흠." 캐서린이 말했다.

"더 천천히 말하거나, 덜 씹으면……." 판사는 캐서린의 솜이 담배라고 생각한 모양이었다.

라일리는 우리에게서 약간 물러나 있었다. 그는 몸을 웅크리고 자리를 잡은 어둠 속을 잠잠히 들여다보았다. 아이, 아이, 아이. 한 마리 새가 울었다. "전…… 그건 틀린 것 같아요, 판사님의 말은."

"어떻게, 애야?"

내가 라일리를 볼 때 연상하곤 했던, 무언가에 쫓기는 불편한 기운에 그의 얼굴이 잠겼다. "전 곤경에 빠져 있지 않아요. 전 아무것도 아니에요. 아니면 그걸 제 곤경이라고 할 수 있을까요? 저는 잠에서 깨면 누워서 내가 할 줄 아는 게 뭐지, 생각해요. 사냥, 운전, 어슬렁거리기. 그게 다고, 앞으로도 그럴 거라는 생각을 하면 겁이 나요. 또 하나, 전 감정이 없어요. 여동생들에게 말고는요. 그건 좀 다르죠. 예를 들어볼게요. 전 록시티 출신의 한 여자애와 거의 1년이나 데이트했어요. 여자 하나를 그렇게 오래 사귄 적이 없었죠. 일주일 전이었나, 여자애가 뜬금없이 폭발해서 말하더라고요. 네 마음은 어디에 있니? 내가 자기를 사랑하지 않으면 곧 죽어버리겠다고. 그래서 저는 차를 철로에 세웠어요. 음, 그랬죠. 여기 그냥 앉아 있자. 크레센트 열차가 20분 후면 지나갈 거야. 우리는 서로에게서 눈을 떼지 않았죠. 저는 생각했어요. 내가 너를 바라보고 있는데도 아무것도 느낄 수 없다면 끔찍한 게 아닐까. 느껴지는 거라곤 다만……."

"다만 허영심뿐?" 판사가 말했다.

라일리는 부인하지 않았다. "그리고 여동생들이 자기 앞가림을 할 만큼 컸다면 크레센트 열차가 우리를 덮칠 때까지 기꺼이 기다렸을 거예요."

그가 그런 식으로 말하는 소리를 들으니 내 속이 아팠다. 라일리에게 내가 되고 싶은 모든 것이 바로 너라고 말해주고 싶었다.

"아까 세상에 단 한 사람이라고 하셨죠. 어째서 나는 그 애를 그렇게 생각할 수 없었을까요? 그게 내가 바라던 것인데요. 나는 혼자선 아무 쓸모가 없어요. 어쩌면, 내가 누군가를 그런 식으로 좋아할 수만 있다면 계획을 세워서 실천할 수 있었을 거예요. 파슨스 플레이스 옆에 있는 땅 한 뙈기를 사서 거기 집을 지을 수 있겠죠. 내 마음이 차분해지기만 한다면 그렇게 했을 거예요."

바람이 나뭇잎을 놀라게 하고 종처럼 울리며 밤 구름을 갈랐다. 별빛 소나기가 풀려났다. 우리 촛불들은, 별에 찔린 하늘이 열리자 그 백열빛에 겁을 먹은 듯 뒤집어졌고, 우리 머리 위로는, 겨울 같은 저 먼 늦은 달이 모습을 드러냈다. 달은 한 조각 눈송이 같았고, 가깝고 먼 생물들이 그에 응답했다. 등이 굽고 달의 눈을 한 개구리, 할퀴는 목소리의 살쾡이. 캐서린은 장미 퀼트 이불을 꺼내 돌리에게 두르라고 했다. 그러더니 두 팔로는 나를 감싸고 내가 캐서린의 가슴에 머리를 기댈 때까지 쓰다듬었다. 너 춥니? 나는 좀 더 가까이 다가가 꿈틀꿈틀 붙었다. 캐서린은 오래된 부엌처럼 좋고 따뜻했다.

"애야, 넌 처음부터 반대로 접근한 거야." 판사가 외투 깃을 세우며 말했다. "어떻게 네가 한 여자애만 좋아할 수 있었겠니? 네가 이제껏 이파리 하나만 좋아한 적 있더냐?"

라일리는 몸이 근질거리는 표정으로 살쾡이 울음소리에 귀를 기울이다 한밤의 나비처럼 우리 주위로 불어온 나뭇잎들을 붙잡았다. 나뭇잎들은 살아 움직이며 도망쳐 날아가려는 양 파닥거리다 하나가 그의 손가락 사이에 잡혀버렸다. 판사도 마찬가지였다. 그도 나뭇잎을 붙잡았다. 라일리의 손에서보다는 그의 손에서 더 가치가 있었다. 그는 나뭇잎을 부드럽게 뺨에 갖다 대고 아련히 말했다. "우리는 사랑에 대해서 말하고 있는 거야. 이파리 하나, 씨앗 한 줌. 이런 것들부터 시작해서 사랑이 뭔지 조금 배우는 거지. 먼저, 이파리 한 장, 떨어지는 비, 그런 다음 엔 이파리가 네게 가르쳐준 것과 비 온 후에 익어간 것을 받아

줄 사람이 오는 법이다. 쉬운 과정은 아니라는 것을 알아두렴. 일생이 걸릴 수도 있어. 이러다 내 인생을 다 보냈지만 아직도 나는 다 익히지 못했구나. 오직 그게 얼마나 진실한지만 알지. 사랑은 사랑이 연속적으로 이어지는 사슬이라는 것을. 자연이 생명이 연속적으로 이어지는 사슬이듯."

"그러면." 돌리가 숨을 들이마시며 말했다. "나는 평생 사랑에 빠졌던 셈이네요." 돌리는 이불 속으로 더 깊게 몸을 묻었다. "음, 아니에요." 돌리의 목소리가 뚝 떨어졌다. "아닌 것 같아요. 난 한 번도 사랑한 적 없어요." 돌리가 적당한 말을 찾을 때 바람이 돌리의 베일을 희롱했다. "신사분들은 말이죠. 내가 아마 그런 사람을 만날 기회가 없어서였다고 할지도 모르겠네요. 아빠를 제외하고는." 돌리는 말을 너무 많이 했다는 듯 멈추었다. 엷은 별빛이 퀼트 이불처럼 돌리를 꼭 감쌌다. 무언가, 노래하는 개구리, 풀잎 들판에서 쭉 뻗어 온 목소리들의 선율이 돌리를 꾀고 압박했다. "하지만 난 그 밖에 모든 건 사랑했어요. 분홍색을 사랑했듯이. 어렸을 때 색깔 크레용이 하나 있었는데, 그게 분홍색이었죠. 나는 분홍 고양이와 분홍 나무를 그렸어요. 34년 동안 분홍 방에서 살았죠. 또 내가 간직했던 상자도 있었어요. 이제는 다락방 어딘가에 있을 테니 베레나에게 그건 달라고 부탁해야겠네요. 내 첫사랑들을 다시 볼 수 있다니 멋지지 않아요? 거기 뭐가 있느냐고요? 마른 벌집, 빈 말벌 둥지, 또 다른 것도 있죠, 정향이 박힌 오렌지와 어치의 알. 그런 것들을 사랑할 때 내 안에 사랑이 모여서 해바라기 들판의 새처럼 날아가죠. 그렇지만 그런 것들은 드러내지 않는 편이 좋아요. 사람들에게 부담을 주고, 이유는 알 수 없지만 그들을 불행하게 만들죠. 베레나는, 개 표현에 따르면, 내가 구석에 숨는다고 나무랐어요. 하지만 나는 사람들에게 내가 좋아하는 마음을 드러내면 그들을 겁주게 될까 두려웠죠. 폴 짐슨의 아내처럼요. 그가 병이 들어 더 이상 신문을 배달할 수 없게 되자, 그 여자가 대신 구역을 맡았던 것 기억해요? 그 가엾고 야윈 것은 신문 자루를 짊어지고 몸을 질질 끌고 다녔죠. 어느 추운 오후, 그 여자가 우리 집 현관 베란다에 왔을 때 콧물이 줄줄 흐르면서 추위로 눈에 눈물이 고여 있더군요. 그 여자가 신문을 내려놓자 나는 말했어요. 잠깐, 기다려요. 그러면서 눈물을 닦아주려고 손수건을 꺼냈죠. 할 수만 있다면 말하고 싶었어요. 미안하다고, 사랑한다고. 내 손이 여자의 얼굴에 스치자, 여자는 아주 작게 소리를 지르며 돌아서더니 계단을 뛰어 내려갔어요. 그 후로 그 여자는 거리에서 신문을 던졌고, 신문이 현관 베란다에 떨어지는 소리를 들을 때마다 내 뼈에서 소리가 나는 것 같았죠."

"폴 짐슨의 아내, 그런 쓰레기 때문에 괜한 걱정을 하다니!" 캐서린은 입을 마지막 남은 와인으로 헹구며 말했다. "난 금붕어 어항이 하나 있었죠. 내가 개들을 좋아한다는 이유로 내가 전 세계를 사랑하게 되진 않아. 그런 엉터리 무리를 사랑하라니, 기가 막혀. 사람들은 뭐든 하고 싶은 말을 할 수는 있지만 남에게 해를 끼치는 일, 잊어버리는 게 제일 좋은 일을 끄집어내서는 안 돼. 사람들은 자기 속마음을 좀 더 비밀로 할 줄 알아야 해. 당신 마음 깊은 곳에 있는 부분이 바로 좋은 부분이야. 자기 사적인 얘기들을 말하고 다니면 인간에게 뭐가 남겠어? 판사님 말로는 우리가 여기 올라와 있는 건 어떤 곤경에 휘말려서라고 했지. 헛소리! 우리가 여기 와 있는 건 아주 간단한 이유야. 하나는 여기가 우리의 나무 오두막이기 때문이고, 두 번째는 그 사람이랑 그 유대인이 우리 것을 훔쳐 가려고 하기 때문이지. 세 번째로는, 당신이 여기 있는 것, 당신들 모두가 여기 있는 건 그러고 싶어서야. 마음 깊은 곳에서 그렇게 시킨 거지. 이 마지막 이유는 내게는 해당 안 돼. 나는 머리 위에 내 지붕이 있으니까. 돌리하트, 이불 좀 판사에게 나눠줘. 저 남자는 오늘이 무슨 핼러윈이나 된 것처럼 떨고 있네.”

돌리는 수줍게 이불 한쪽을 들며 그에게 고개를 끄덕였다. 판사는 전혀 수줍어하지 않고 그 밑으로 스르르 들어갔다. 저 멀디먼 별 때문에 차갑게 식고 굴러가는 바다속에 잠긴 거대한 노처럼 멀구슬 나뭇가지들이 흔들렸다. 혼자 남은 라일리는 애처로운 고아처럼 웅크리고 앉아 있었다. “바싹 달라붙어, 돌머리야. 너도 다른 사람들처럼 춥잖니.” 캐서린은 자기 오른쪽 자리를 내어주었고, 나는 왼쪽을 차지했다. 라일리는 가까이 오고 싶지 않은 듯했다. 어쩌면 캐서린에게서 쓴풀 냄새를 맡아서였을 수도 있고 어쩌면 그게 계집애 같다고 생각해서일 수도 있었다. 하지만 나도 말했다. 이리 와요, 라일리. 캐서린은 좋고 따뜻해요. 이불보다 나아요. 잠시 후 라일리가 우리 쪽으로 움직였다. 너무 오랫동안 조용해서 나는 모두들 잠에 빠졌다고 생각했다. 그때 캐서린의 몸이 굳어지는 것이 느껴졌다. "누가 그 편지를 보냈는지 생각났어. 빌은 개뿔. '그 사람'이 보낸 거야. 내 이름이 캐서린 크리크인 것만큼이나 뻔한 일이었는데. 마이애미에 사는 검둥이를 시켜 나한테 편지를 쓰게 한 거야. 그럼 내가 내빼서 다시 소식도 못 들을 줄 알았겠지." 돌리는 잠결에 쉿, 조용, 이제 조용이라고 말했다. 눈을 감으라고. "아무것도 두려워할 것 없어. 여기 우리를 지켜줄 남자들이 있잖아." 나뭇가지 하나가 조용히 흔들리며 달빛이 나무에 불을 붙였다. 나는 판사가 돌리의 손을 잡는 것을 보았다. 내가 마지막으로 본 광경이었다.

4

라일리가 가장 먼저 깨어나서 나를 깨웠다. 하늘에는 샛별 세 개가 도달한 태양의 물결에 쓸려 기절했다. 이슬이 나뭇잎을 반짝이 장식처럼 덮었다. 흑옥 사슬처럼 죽 늘어선 찌르레기들이 솟아오는 빛을 맞았다. 라일리는 나보고 같이 가자고 신호를 보냈다. 우리는 조용히 나무 사이로 내려갔다. 캐서린은 드르렁 드르렁 코를 골아서 우리가 나가는 소리를 듣지 못했다. 마녀가 지배하는 숲에서 길을 잃은 두 아이처럼 뺨을 맞대고 잠든 돌리와 판사도 마찬가지였다.

라일리가 앞장서서 우리는 강으로 향했다. 그가 입은 캔버스 바짓자락이 서로 스치며 속삭였다. 기차를 내내 탄 사람처럼 라일리는 조금 갈 때마다 발을 멈추고 기지개를 켰다. 어딘가에서 우리는 벌써 일어나 한창 분주한 바쁜 개미 언덕을 마주쳤다.

라일리는 바지 단추를 풀고 개미집을 홍수로 쓸어 보내기 시작했다. 그게 재미있었는지 어쩐지는 모르겠지만, 나는 웃으면서 그에게 장단을 맞췄다. 라일리가 몸을 돌려 내 발에 오줌을 누자 나는 당연히 모욕을 받은 기분이었다. 그가 나를 존중하지 않는다는 의미라고 생각했다. 어째서 그런 짓을 하지? 나는 그에게 말했다. 너 장난도 모르냐? 그가 말하면서 한 팔로 나를 어깨동무했다.

그런 사건들에 날짜를 매길 수 있다면, 라일리 헨더슨과 내가 친구가 된 건 그 순간이라고 하겠다. 그 순간, 적어도 그의 마음 속에서 나에 대해 애정 어린 감정이 시작되고 그 덕에 내 감정이 한층 더 깊어진 순간이었다. 갈색 나무 아래 갈색 찔레꽃 사이를 지나 우리는 숲 속 깊숙이 들어가 강으로 내려갔다.

선홍색 손 같은 이파리가 녹색 느린 물 위에서 떠내려갔다. 물에 빠진 통나무 한 끝이 삐죽 나와 강에 사는 짐승의 머리가 내다보는 듯했다. 우리는 낡은 주거용 보트로 다가갔다. 그쪽 물이 더 맑았다. 주거용 보트는 살짝 뒤집혀 있었다. 물월계수 허물이 떠내려와 지붕과 기울어진 갑판에 녹처럼 끼었다. 내부 선실은 신비스럽게도 누군가 잘 돌본 인상이었다. 모험 잡지 몇 부가 여기저기 흩어져 있었고, 탁자 위에는 휘발유 등 하나와 빈 맥주병들이 죽 늘어서 있었다. 간이침대에는 담요와 베개가 놓였고 베개 위에는 분홍색 립스틱 자국이 얼룩져 있었다. 순식

간에 나는 이 보트가 누군가의 은신처임을 깨달았다. 라일리의 호감 가는 얼굴을 덮은 웃음을 보자, 그 사람이 누군지도 알았다. "게다가 말이야." 라일리가 말했다. "옆에는 작은 낚시터도 있다. 아무에게도 말하지 마." 나는 존경하는 마음 위에 성호를 긋고 맹세했다.

우리가 옷을 벗는 동안, 나는 일종의 꿈을 꾸었다. 이 보트가 우리 다섯 명을 싣고 강 위에 떠 있는 꿈이었다. 우리 빨래가 돛처럼 휘날렸고 식품 저장실에서는 코코넛 케이크가 구워졌다. 창틀에선 제라늄이 피어났다. 우리는 함께, 변하는 강 위에서 다양하게 바뀌는 광경들을 지나쳐 떠내려갔다.

마지막 남은 여름의 기운이 올라오는 태양을 따뜻하게 데웠지만, 물에 맨 처음 뛰어들었을 때는 몸이 오스스 떨리고 닭살이 돋아서 나는 다시 갑판으로 올라와 라일리가 태연하게 양 기슭 사이를 왔다 갔다 헤엄치는 모습을 서서 구경했다. 학 다리처럼 선 대나무 갈대들이 우거진 섬 하나가 얕은 물 위에서 흔들렸고 라일리는 사냥꾼다운 눈을 낮게 깔고 그 사이를 첨벙첨벙 걸어 나왔다. 그는 내게 신호를 보냈다. 아프기는 했지만, 나는 차가운 물속으로 스르르 내려가서 헤엄쳐 그에게 합류했다. 대나무를 휘는 물은 맑았고 무릎까지 잠기는 정박지로 나뉘어 있었다. 라일리는 그중 하나 위에 웅크렸다. 얕은 웅덩이 속에 석탄처럼 새카만 메기가 졸린 듯 갇혀 있었다. 우리는 포크 날처럼 긴장한 손가락으로 메기를 몰았다. 메기는 뒤로 몸부림치다가 내 손아귀로 바로 뛰어들었다. 면도날처럼 휘날리는 수염 탓에 나는 손을 휙 베이고 말았다. 그래도 붙잡은 메기의 감각이 느껴졌다. 세상에, 내가 살면서 유일하게 잡은 물고기였다. 대부분의 사람들은 내가 메기를 맨손으로 잡았다는 이야기를 하면 믿지 않는다. 그러면 나는 뭐, 라일리 헨더슨에게 물어봐, 라고 대꾸한다. 우리는 뾰족한 대나무 작살로 아가미를 꿴 후 높이 쳐들고 보트로 도로 헤엄쳐 돌아왔다. 라일리 말로는 자기가 이제까지 본 메기 중에서도 가장 통통한 놈이라고 말했다. 이 메기를 나무로 가지고 돌아가서, 판사가 자기가 얼마나 메기 요리를 잘하는지 으스댔으니 아침용으로 요리하도록 맡겨보자고 했다. 나중에 보면 알겠지만, 우리는 결국 그 생선을 먹지 못했다.

우리가 이러는 동안 나무 오두막에서는 끔찍한 상황이 벌어지고 있었다. 우리가 자리를 비운 동안 캔들 보안관이 부보안관들과 체포 영장으로 무장하고 돌아왔던 것이다. 그동안 무슨 일이 기다리고 있는지 전혀 알지도 못한 라일리와 나는 나른하게 독버섯을 발로 차거나 이따금 물수제비를 뜨거나 하며 걸어왔다.

우리가 여전히 어느 정도 먼 거리에 있을 때 소란스러운 목소리들이 들려왔다. 도끼질하듯 나무 속에서 울리는 소리였다. 캐서린의 비명, 아니 포효가 들렸다. 그 바람에 다리에서 힘이 풀

려, 벌써 나뭇가지를 집어 들고 뛰기 시작한 라일리를 따라잡을
수가 없었다. 나는 한 방향으로 갔다가 다시 다른 방향으로 꺾
었다. 잘못된 곳에서 돌아 잔디밭의 가장자리로 나왔다. 거기에
캐서린이 있었다.

캐서린의 드레스는 앞섶이 쭉 찢겼다. 벗은 거나 다름없었다.
레이 올리버, 잭 밀, 빅 에디 스토버, 보안관 똘마니들인 성인
남자 셋이 풀숲 사이에서 캐서린을 끌고 때리고 있었다. 나는
그들을 죽이고 싶었다. 캐서린 또한 마찬가지 심정이었겠지만
기회를 잡을 수가 없었다. 하지만 그들을 머리로 치받고 팔꿈치
로 쳐서 펄쩍 뛰게 했다. 빅 에디 스토버는 타고난 개자식이라
고 공식적으로 알려져 있는 사람이었고, 다른 두 사람도 나름대
로 그 수준에 맞먹었다. 내게 덤벼든 건 빅 에디였고 나는 메기
로 그의 얼굴을 철퍼덕 후려쳤다. 캐서린이 말했다. "우리 아가
가만히 놔두지 못해. 걔는 고아라고." 그러다 캐서린은 그가 내
허리를 붙잡은 것을 보았다. "거시기야, 콜린, 저 자식 거시기
를 차버려." 그래서 나는 그렇게 했다. 빅 에디의 얼굴은 쉰 우
유처럼 굳어졌다. 잭 밀이(이 사람은 1년 후에 얼음 공장에 갇
혀 얼어 죽는데, 인과응보였다) 내게 덤볐지만, 나는 들판 건너
로 뛰어가 가장 기다란 풀 속에 웅크려 숨었다. 그들이 굳이 날
찾을 것 같진 않았다. 그들 손은 캐서린만 상대하기에도 버거웠
으니까. 캐서린은 갖은 방법으로 그들에 대항했다. 나는 아무런

도움도 줄 수 없다는 사실에 구역질을 느끼면서 그들이 묘지 속 저 너머로 사라져 보이지 않을 때까지 바라보았다.

　머리 위에서 까마귀 두 마리가 까옥거리며 마치 사악한 신호를 보내듯 십자를 그리고 또 그렸다. 나는 숲 쪽으로 기었다. 그러자 가까운 곳에서 풀을 자르며 다가오는 부츠 소리가 들렸다. 보안관이었다. 윌 해리스라고 하는 남자도 함께 있었다. 문짝처럼 키가 크고 버펄로처럼 어깨가 떡 벌어진 해리스는 언젠가 미친개에게 목을 물린 적이 있었다. 그 상처만도 충분히 나빴지만 망가진 목소리가 더 심했다. 난쟁이처럼 촐랑거리고 아기 같은 목소리가 된 것이었다. 그들이 어찌나 가까이 지나갔는지 내가 윌의 신발 끈을 풀 수 있을 정도였다. 보안관을 향해 새살거리는 작은 목소리는 모리스 리츠의 이름과 베레나의 이름을 말하며 펄쩍 뛰었다. 무슨 말인지 제대로 알아들을 수는 없었지만, 모리스 리츠에게 무슨 일이 생겼다는 것과 베레나가 보안관을 도로 데려오라고 윌을 보냈다는 얘기는 들을 수 있었다. 보안관이 말했다. "대체 그 여자가 바라는 게 뭐야, 무슨 군대라도 오길 바라는 거야?" 그들이 가버리자 나는 벌떡 일어서 숲 속으로 뛰어들었다.

　멀구슬나무가 눈에 들어오자 나는 부채꼴로 펼쳐진 양치식물 뒤에 숨었다. 보안관의 부하가 아직도 근처에 어슬렁거릴지도 모른다고 생각했다. 하지만 아무것도 없었다. 외로이 노래하는 새 한 마리뿐이었다. 나무 오두막에는 아무도 없었다. 몇 줄기 햇빛만이 유령같이 연기를 피우며 텅 빈 공간을 비출 뿐이었다. 나는 멍하게 모습을 드러내고 머리를 나무 밑동에 기댔다. 이렇게 하자, 보트의 환영이 돌아왔다. 빨래가 휘날리고, 제라늄이 피고, 강을 따라가며 우리를 바다로, 세상으로 싣고 갈 배의 모습이.

"콜린." 내 이름이 하늘에서 떨어졌다. "내가 들은 목소리가 너 맞니? 너 울고 있는 거야?"

돌리가 보이지 않는 곳에서 부르고 있었다. 나무 심장까지 올라가서야 저 멀리 위에서 대롱거리는 아이 같은 신발 한 짝이 보였다. "조심해라, 애야." 옆에 있던 판사가 말했다. "너 때문에 흔들려서 우리가 떨어지겠구나." 실로 배의 돛대에 앉은 갈매기처럼 그들은 굳건한 나무 탑 위에 앉아 있었다. 곧이어, 돌리는 거기서 보이는 광경이 너무 황홀해서 이전에 오지 않았던 게 아쉬울 정도라고 말했다. 어떻게 된 일인가 하면, 판사는 보안관과 그 부하들이 다가오는 것을 때맞춰 보고 그 높은 곳까지 피신했다고 했다. "잠깐, 우리가 갈게." 돌리가 말했다. 한 팔로 판사를 붙잡고 돌리는 고상한 숙녀처럼 계단을 내려왔다.

우리는 서로 입을 맞췄다. 돌리는 나를 계속 안아주었다. "그 사람이 널 찾으러 나갔어. 캐서린이. 네가 어디 있는지 몰랐고 난 너무 무서웠거든, 난……." 돌리의 공포가 내 두 손에 따끔따끔하게 느껴졌다. 돌리는 바들바들 떠는 작은 동물, 덫에서 막 꺼낸 토끼 같은 느낌이었다. 판사는 손을 더듬거리며 내리깐 눈으로 쳐다보기만 했다. 그는 캐서린에게 일어난 일을 막지 못했기 때문에 자기가 우리를 실망시켰다고 느끼는 듯도 했다. 하지만 그때, 그가 무엇을 할 수 있었겠는가? 캐서린을 도우러 가봤자 그도 잡히기만 했으리라. 바보짓을 할 인간들이 아니었다. 보안관, 빅 에디 스토버, 다른 이들. 죄책감을 느껴야 할 사람은 나였다. 캐서린이 나를 찾으러 가지만 않았더라면 잡히지 않았을지도 몰랐다. 나는 풀잎 들판에서 일어난 일을 말해주었다.

하지만 돌리는 정말로 듣고 싶지 않다고 했다. 꿈을 흩뜨리는 것처럼 돌리는 베일을 도로 썼다. "캐서린이 사라졌다고 믿고 싶어. 하지만 그럴 수가 없구나. 할 수만 있다면 뛰어가서 그 사람을 찾을 텐데. 베레나가 이 일을 했다고 믿고 싶어. 하지만 그럴 수가 없네. 콜린, 넌 어떻게 생각하니. 결국 세상은 나쁜 곳이라고 생각하니? 지난밤에는 너무나 다르게 보였는데."

판사는 나와 눈을 맞추었다. 그는 어떻게 대답을 해야 할지 알려주려고 했던 것 같다. 하지만 나 자신도 알았다. 어떤 정열로 이루어졌든 개인의 세계는 모두 좋았다. 절대로 저속한 곳이 아니었다. 돌리는 스스로 지나치게 교양을 쌓았고 그것을 캐서린과 나와 나누면서 다른 곳에서 돌고 있는 사악함의 바람을 느낄 수 없게 되었다. 아니, 돌리, 세상은 나쁜 곳이 아니에요. 돌리는 한 손으로 이마를 쓸었다. "네 말이 맞는다면, 곧 캐서린이 나무 아래서 걸어오겠구나. 캐서린은 너나 라일리를 찾지는 못하겠지만 돌아올 거야."

"그건 그렇고." 판사가 말했다. "라일리는 어디 있지?"

그가 나보다 앞서 뛰어갔고, 그것이 내가 마지막으로 본 모습이었다. 우리에게 동시에 닥친 근심을 안고 판사와 나는 일어서서 그의 이름을 외치기 시작했다. 우리의 목소리는 숲 주위를 천천히 휘어 돌아 다시, 또다시 침묵으로 되밀려 왔다. 나는 무슨 일이 일어났는지 알 것 같았다. 그는 오래된 인디언 우물로 떨어져버린 것이다. 그런 경우를 여럿 알고 있다. 이렇지 않을까 막 말하려는데, 판사가 불쑥 한 손가락을 입술에 가져다 댔다. 이 남자는 아마 개 같은 청력을 갖고 있는가보았다. 나는 아무 소리도 들을 수 없었다. 하지만 판사가 맞았다. 누군가 길 위에 있었다. 그들은 모드 리오던과 라일리의 여동생 중 언니, 똑똑한 엘리자베스였다. 두 사람은 단짝이었고 서로 어울리는 하얀 스웨터를 입고 있었다. 엘리자베스는 바이올린 케이스를 들고 있었다.

"여기 보렴, 엘리자베스." 판사의 말에 소녀들이 화들짝 놀랐다. 아직 우리를 발견하지 못한 탓이었다. "여기 봐, 애야. 네 오빠 봤니?"

모드가 우리를 먼저 보았고 대답한 것도 그쪽이었다. "보고 말고요." 모드는 단호하게 말했다. "엘리자베스가 강습이 끝나서 집까지 바래다주는데, 라일리가 시속 150킬로미터로 달려오는 거예요. 하마터면 우리를 쳐버릴 뻔했어요. 네가 오빠한테 말 좀 해, 엘리자베스. 어쨌든 라일리가 우리보고 여기 가서 걱정할 것 없다고 말하라고 했어요. 나중에 다 설명하겠다고. 그게 무슨 뜻이든 간에."

모드와 엘리자베스 둘 다 학교에서 나와 같은 반이었다. 두 사람은 월반을 해서 지난 6월에 졸업했다. 모드와는 특히 잘 아는 사이었는데, 여름 동안 모드의 어머니에게서 피아노 강습을 받았기 때문이었다. 모드의 아버지는 바이올린을 가르쳤고 엘리자베스 헨더슨은 강습생이었다. 모드 본인은 바이올린을 멋지게 켰다. 바로 일주일 전에 나는 마을 신문을 읽다가 모드가 버밍햄의 어떤 라디오 프로그램에 출연해서 연주해달라는 초청을 받았다는 기사를 읽었다. 그 소식을 들으니 반가웠다. 리오던 가족은 좋은 사람들이라 배려 깊고 명랑했다. 리오던 부인에게 강습을 받았던 건 피아노를 배우고 싶어서는 아니었다. 그보다는 금발인 부인의 넉넉한 체구, 광택제와 관심의 향기가 폴폴 풍기는 업라이트 피아노 앞에 앉아 있을 때면 계속 이어지는, 동정과 교양이 깃든 대화가 좋았다. 특히 그 후에 모드가 시원한 뒷베란다에서 레모네이드 한 잔 마시고 가라고 불러주는 것이 좋았다. 모드는 들창코에 요정처럼 귀가 뾰족했고 별일 아닌데도 쉽게 들뜨는 깡마른 소녀였다. 아버지에게선 아일랜드인다운 검은 눈을, 어머니에게선 아침처럼 투명한 은발을 물려받았다. 단짝인 엘리자베스는 감정이 풍부하고 그늘져 보이는 외모라 전혀 닮지 않았다. 두 사람이 무슨 얘기를 나누었는지는 모르겠다. 아마도 책이나 음악 같은 것이리라. 하지만 나와 있을 때면 모드의 화제는 남자애들, 데이트, 드러그스토어 험담뿐이었다. 그런 것 정말 끔찍하지 않니. 라일리 헨더슨이 쫓아다니는 이상한 여자애들 말이야. 모드는 엘리자베스를 안쓰럽게 여겼지만, 어떤 일이 있어도 엘리자베스가 머리를 꼿꼿이 세우고 다니는 것이 참 멋지다고 생각했다. 모드가 라일리에게 마음이 있다는 사실은 천재가 아니라도 쉽게 눈치챌 수 있었다. 그럼에도 나는 잠시 동안 모드를 좋아한다고 생각했었다. 집에선 모드 얘기를 꺼내지 않았지만 마침내 캐서린은 이렇게 말했다. 아, 모드 리오던. 너무 빼빼하잖아. 꼬집을 살도 없겠더라. 그런 애에게 관심 두는 남자는 미친 거지. 언젠가 나는 모드와 거창한 저녁을 보낸 적이 있었다. 내가 직접 손으로 스위트피 코사지를 만들어 건네고 그다음에는 필스 카페로 가서 캔자스시티 스테이크를 먹었다. 이후에는 롤라 호텔에서 열리는 무도회에도 갔다. 그래도 모드는 여전히 작별 키스를 기대하지는 않았다는 투로 행동했다. "그게 꼭 필요한지 모르겠어, 콜린. 하지만 날 데리고 나가준 건 정말 귀여운 행동이었어." 뻔히 짐작할 수 있겠지만 나는 실망했다. 하지만 그런 일로 부루퉁하게 굴고 싶진 않아서 우리의 우정은 약간 변한 채로 지속되었다. 어느 날 강습이 끝난 후, 리오던 부인은 평소처럼 숙제로 새 연습곡을 내주지 않았다. 대신, 이제 더 이상은 내 강습을 계속하고 싶지 않다고 친절하게 알렸다. "우리는 너를 무척 좋아한단다, 콜린. 네가 언제든지 우리 집에 와도 환영이라는 말은 할 필요도 없겠지. 하지만 애야, 솔직히 말하자면 너는 음악에 전혀 재능이 없어. 그런 경우도 종종 있단다. 이제 아닌 척하는 게 우리 둘 다에게 공평한 행동인 것 같지 않구나." 부인 말이 맞았지만, 어찌 되었든 내 자존심은 상처를 받았고 밀려난 느낌을 지울 수 없었다. 그래서 리오던 가족을 생각할 때마다 비참했고, 그나마 힘들게 익혔던 곡을 차츰 잊어버릴 때 즈음 그 가족을 마음의 커튼으로 가려버렸다. 처음에 모드는 방과 후에 나를 불러 세워서 자기 집에 오라고 하곤 했었다. 어떻게든 나는 항상 요리조리 피했다. 더욱이 그때는 겨울이어서 돌리와 캐서린과 함께 부엌에서 지내는 편이 더 좋았다. 캐서린은 궁금하게 여겼다. 왜 이젠 모드 리오던하고 말 안 하니? 나는 대답했다. 그냥 안 하니까요. 그게 다예요. 하지만 말을 하지 않는 동안에도 생각을 하기는 했을 것이었다. 적어도 모드를 거기 나무 아래에서 보았을 때는 옛날 감정들이 가슴을 쥐어짜는 듯했다. 처음으로 나는 이 상황에서 남의 눈을 의식했다. 우리, 돌리와 판사님과 내가 모드와 엘리자베스에겐 우스꽝스러운 광경으로 보이지 않을까? 나는 그들에게 판단받는 입장이었고 그들은 내 또래였다. 하지만 소녀들의 태도로 봐서는 그저 길이나 드러그스토어에서 우연히 만난 듯한 분위기였다.

판사가 말했다. "모드, 아버지는 어찌 지내시냐? 몸이 별로 좋지 않다고 들었다만."

"어디 가서 하소연할 정도는 아니세요. 남자들이 어떤지 아시잖아요. 항상 아픈 데를 찾아다니고. 판사님은 어떠세요?"

"그것 참 안 됐구나." 판사는 다른 곳에 정신이 팔린 듯했다. "아빠에게 안부 전해주렴. 나아지기를 바란다고."

모드는 사근사근하게 받아들였다. "그럴게요, 감사해요. 판사님이 걱정해주셨다고 하면 아빠가 감사하실 거예요." 모드는 이끼 위에 치마를 깔고 앉은 후 옆에 내켜 하지 않는 엘리자베스를 앉혔다. 그 누구도 엘리자베스를 애칭으로 부르는 적이 없었다. 처음에 베티라고 부를 수는 있지만 일주일이 지나면 도로 엘리자베스가 되었다. 엘리자베스가 남에게 미치는 효과였다. 나른하고 뼈대가 바나나 같은 엘리자베스는 음침한 검은 머리에 무심해서 이따금 성녀처럼 보이는 얼굴을 하고 있었다. 백합 줄기 같은 목에 건 에나멜 로켓에는 선교사였던 아버지 초상화가 들어 있었다. "봐, 엘리자베스. 돌리 양이 쓴 모자 참 잘 어울리지 않니? 벨벳에 베일이 달렸어."

멍하니 있던 돌리가 문득 정신이 들었다. 돌리는 이마를 톡톡 두드렸다. "보통은 모자 쓰지 않는단다. 우리는 여행을 떠날 생각이었거든."

"집을 나오셨다는 소식은 들었어요." 모드는 이렇게 대답하더니 좀 더 솔직하게 나아갔다. "사실 다들 그 얘기만 해요. 그렇지 않니, 엘리자베스?" 엘리자베스는 열의 없이 고개를 끄덕였다. "세상에, 별 이상한 얘기가 다 돌아요. 여기 오다가 거스 햄을 만났는데요, 그 사람 말로는 흑인 여자 캐서린 크루크가 (이름 맞아요?) 버스터 부인을 유리 단지로 때린 죄로 체포되었대요."

기어들어가는 목소리로 돌리가 말했다. "캐서린은…… 그 일하고 아무 상관 없어."

"누군가 상관있기는 하겠죠." 모드가 말했다. "오늘 아침 우체국에서 버스터 부인을 보았는데요, 사람들마다 붙들고 머리에 난 혹을 보여주더라고요. 꽤 컸어요. 우리한테는 진짜처럼 보이던데. 그렇지 않았니, 엘리자베스?" 엘리자베스는 하품했다. "확실한 건, 누가 버스터 부인을 때렸든 난 상관없어요. 그런 사람은 훈장을 받아야 한다고 생각해요."

"아니야." 돌리가 한숨지었다. "점잖지 않은 짓이야. 그런 일이 일어나서는 안 되는 거였는데. 우리 모두 그 일로 크게 후회할 일이 생길 것 같구나."

마침내 모드가 나를 알아봐주었다. "그동안 계속 만나고 싶었는데, 콜린." 모드는 부끄러움을 숨기듯 서둘러 말했다. 부끄러운 건 모드가 아니라 내 쪽이었다. "엘리자베스와 나는 핼러윈 파티를 열 계획이거든. 진짜 무시무시한 걸로. 너를 해골로 분장해서 어두운 방에 앉혀놓고 점을 치게 하면 어떨까 해. 네가 아주 그런 걸 잘하니까……."

"그럴듯한 거짓말을." 엘리자베스가 객관적으로 말했다.

"그게 바로 점이잖니." 모드가 부연 설명했다.

소녀들이 어쩌다 내가 이야기를 잘한다는 생각을 해냈는지는 모르겠다. 학교에서 내가 알리바이를 대는 데 탁월한 재능을 보였던 게 아니라면. 나는 대답했다. 괜찮은 것 같네, 파티. "하지만 날 너무 믿지 마. 우린 그때쯤엔 감옥에 있을지도 모르니까."

"아, 그래, 그럴 수도 있겠네." 모드는 내가 이전에 그 집에 오라는 초대를 거절할 때 댔던 오래되고 평범한 핑계를 받아들이는 투였다.

"있잖느냐, 모드." 판사는 우리가 막 떨어진 침묵에서 빠져나올 수 있도록 도와주려는 듯 물었다. "너 이제 유명인이 된다면서. 네가 라디오에서 연주할 거라는 소식을 신문에서 읽었다."

모드는 소리 내어 꿈을 꾸듯이, 방송이 주 경연대회의 결승이라고 말했다. 거기서 우승하면 부상으로 음악대학에 진학할 수 있는 장학금을 받았고, 2등만 해도 반액 장학금을 받을 수 있었다. "아빠가 작곡한 곡을 연주할 거예요. 세레나데. 아빠는 내가 태어난 날에 날 위해 그 곡을 썼대요. 하지만 깜짝 선물이라서 아빠에게는 비밀이에요."

"애한테 연주해달라고 하세요." 엘리자베스는 자기 바이올린 케이스를 열면서 말했다.

모드는 너그러운 아이라 굳이 매달리며 부탁할 필요가 없었다. 모드가 와인 색의 바이올린을 턱 아래 대고 음을 켜자 바이올린이 떨렸다. 뻔뻔한 나비 한 마리가 활 위에 가볍게 앉았다. 활이 줄 위를 쓸며 음악을 연주하자 나풀나풀 날아갔다. 음악은 나비 떼를 눈보라처럼 몰아 오고 나무들이 옹이진 가을 숲 속에 듣기에는 달콤한 봄을 하늘 높이 쏘아올린 듯했다. 곡은 느려졌다가 슬퍼졌고, 모드의 은색 머리카락은 바이올린 위에 늘어졌다. 우리는 박수를 쳤다. 우리의 박수가 그쳤을 때도 정체 모를 박수가 계속 이어졌다. 라일리가 양치식물이 우거진 덤불 뒤에서 걸어 나왔고, 모드는 라일리는 보자 뺨이 분홍빛이 되었다. 라일리가 듣고 있는 줄 알았더라면 모드는 그처럼 잘 연주하지 못했을 것이다.

라일리는 소녀들을 집으로 보냈다. 그들은 가고 싶어 하지 않았지만 엘리자베스는 오빠 말을 거역하는 데 익숙하지 않았다. "문단속 잘해." 라일리가 타일렀다. "그리고 모드, 우리 집에서 하룻밤 같이 있어줬으면 고맙겠다. 누가 나를 찾으러 오거든,

모른다고 해."

라일리가 나무 위로 올라올 수 있도록 내가 도와주어야 했다. 그가 총과 식량으로 무거운 배낭을 가져온 탓이었다. 장미와 건포도를 넣은 술 한 병, 오렌지, 정어리, 비엔나소시지, 케이티디드 빵집에서 가져온 롤, 동물 크래커 큰 상자. 모든 물품이 우리기운을 돋우어주었고 돌리는 동물 크래커에 홀딱 빠져 라일리에게 키스를 해주어야 마땅하다고 했다.

하지만 우리가 그의 보고를 들을 때는 심각한 표정을 지을 수밖에 없었다.

우리가 숲에서 헤어졌을 때 라일리는 캐서린의 소리가 들리는 방향으로 뛰었다고 한다. 그 바람에 라일리도 풀숲으로 도달했다. 내가 빅 에디 스토버와 맞설 때 라일리는 거기서 보고 있었다고 했다. 나는 물었다. 음, 어째서 나를 도와주지 않았어? "넌 제대로 하고 있었어. 빅 에디가 널 쉽게 잊을 것 같지 않더라. 불쌍한 자식, 허리를 구부리고 절뚝거리던걸." 게다가 그가 우리 편인 것을, 나무 위에서 우리와 합류했다는 사실을 아무도 모른다는 생각이 스쳐 갔다. 숨어 있었던 판단은 옳았다. 그 덕에 시내로 가는 캐서린과 부보안관들을 따라갈 수 있었으니까. 그들은 캐서린을 빅 에디의 오래된 쿠페의 접이식 뒷좌석에 쑤셔 넣고 곧장 감옥으로 향했다. 라일리는 차로 뒤를 쫓았다. "감옥에 도착할 때 정도 되니까 캐서린은 잠잠해졌어요. 구경꾼들이 그 주위에 약간 몰려 있더라고요. 애들이랑 나이 든 농부들이랑. 캐서린을 직접 보았으면 자랑스럽게 여겼을 거예요. 캐서린은 드레스를 부여잡고 머리를 이렇게 들고서 쭉 걸어갔어요." 라일리는 왕족처럼 위엄 있는 각도로 머리를 기울였다. 캐서린이 그런 자세를 취하는 것을 얼마나 자주 보았는지. 특히 누군가 비난할 때면(퍼즐 조각을 숨겼다거나 잘못된 정보를 퍼뜨렸다거나 치아를 치료하지 않는다고 할 때면) 꼭 그렇게 머리를 들었다. 돌리도 그 사실을 깨달았던지 코를 풀어야만 했다. "하지만요." 라일리가 말했다. "캐서린은 감옥 안으로 들어가자마자 발길질을 하며 또 난리를 피웠어요." 감옥에는 감방이 네 개밖에 없었다. 둘은 유색인종용, 둘은 백인용. 캐서린은 유색인종 감방에 자기를 넣는다고 항의했다.

판사는 턱을 쓸며 고개를 저었다. "캐서린이랑 말할 기회는 없었고? 우리 편이 거기 있다는 것을 알았더라면 위안이 되었을 텐데."

"저도 캐서린이 창문으로 오지 않나 싶어 근처에 서 있었어요. 하지만 그때 다른 소식을 들었죠."

돌아보면 어떻게 라일리가 그 소식을 오랫동안 우리에게 전해주지 않고 기다릴 수 있었는지 알 수가 없다. 왜냐하면, 세상에나. 시카고에서 온 우리 친구, 그 밉살맞은 모리스 리츠 박사가 베레나의 금고를 털어 양도 채권 1만 2천 달러어치와 현금

700달러 이상을 들고 튀었다는 것이다. 나중에 또 알게 된 바에 따르면 그나마 그것은 리츠 박사가 챙긴 노획물의 반도 되지 않았다. 하지만 알 만한 일 아니었나? 나는 아기 목소리 월 해리스가 보안관에게 설명했던 사건이 이 일임을 깨달았다. 베레나가 서둘러 보안관을 불렀던 것도 당연했다. 우리와의 문제는 이제 부차적인 것이 되었다. 라일리는 몇 가지 자세한 설명을 더했다. 그가 알기론, 베레나는 금고 문이 활짝 열려 있는 것을 발견하자마자(베레나가 포목점 위의 사무실에 있을 때 생긴 일이라 한다), 모퉁이를 돌아 롤라 호텔로 쌩하게 달려갔지만 모리스 리츠는 전날 저녁에 체크아웃을 했다는 사실을 발견했다고 한다. 베레나는 기절했다. 사람들이 다시 정신이 들게 했지만, 다시 또 기절했다.

돌리의 부드러운 얼굴은 공허해졌다. 베레나에게 가고 싶은 마음이 굴뚝같은 듯했지만 동시에 자아의식, 더 깊은 의지가 말렸다. 돌리는 후회하는 눈빛으로 나를 바라보았다. "이제 너도 알아두는 편이 좋겠구나, 콜린. 나처럼 늙을 때까지 기다릴 필요가 없었어. 세상은 나쁜 곳이야."

한 줄기 바람이 불어오듯이 어떤 변화가 판사를 덮쳤다. 그는 즉시 제 나이로 변해버렸다. 그는 돌리가 세상의 사악함을 믿어버림으로써 자기를 버린 양 가을처럼 메말라 보였다. 하지만 나는 돌리가 그렇지 않다는 것을 알았다. 판사는 돌리를 정령이라

고 했지만, 돌리는 진짜로는 한 여자였다. 라일리는 장미 건포
도 술을 따서 토파즈 색 술을 잔 네 개에 따랐다. 잠시 후, 그는
다섯 번째 잔에도 술을 채웠다. 캐서린 몫이었다. 판사는 잔을
들어 입에 가져가다 건배를 제안했다. "캐서린을 위해, 신뢰를
줄 수 있도록." 우리는 잔을 들었다. "아, 콜린." 돌리가 갑자기
강렬한 생각이 들었는지 눈을 휘둥그레 떴다. "너랑 나, 캐서린
이 하는 말 알아들을 수 있는 사람은 우리 둘뿐이잖아!"

5

다음 날, 10월 1일 수요일은 내 인생에서 절대 잊지 못할 날이다.

먼저 라일리가 내 손가락을 밟는 바람에 나는 잠에서 깼다. 벌써 깨어 있던 돌리는 내가 라일리에게 욕을 했으니 사과해야 한다고 우겼다. 예의는 말이지, 돌리는 말했다. 다른 때보다도 아침에 더 중요한 거란다. 특히 사람들이 이렇게 가까이 붙어서 살 땐 말이지. 무거운 황금 사과처럼 여전히 나뭇가지를 늘어뜨리며 매달린 판사의 시계는 6시 6분을 가리켰다. 누구의 생각이었는지 기억은 나지 않지만, 우리는 오렌지와 동물 크래커, 차가운 핫도그로 아침을 먹었다. 판사는 뜨거운 커피를 한 주전자 마실 때까지는 인간이 된 기분이 들지 않는다고 투덜거렸다. 우리는 가장 그리운 것이 커피라는 데 뜻을 모았다. 라일리는 마을에 가서 좀 가져오겠다며 자진해서 나섰다. 또한 그 김에 둘러보고 무슨 일이 벌어지고 있는지 알아보겠다고 했다. 라일리는 나보고 같이 가자고 제안했다. "차에서 내리지 않고 숨어 있으면 아무도 못 볼 거야." 판사는 바보 같은 짓이라며 반대했지만 돌리는 내가 가고 싶어 한다는 것을 눈치챘다. 그동안 내가 라일리의 차에 한번 타보기를 얼마나 갈망했는데, 이제 그 기회가 저절로 온 게 아닌가. 그 무슨 일에도, 아무도 나를 보지 못한다 해도, 흥분이 옅어지지 않았다. 돌리가 말했다. "따라가도 나쁠 것 같진 않구나. 하지만 깨끗한 셔츠로 갈아입고 가야 해. 그 셔츠 옷깃에는 때가 얼마나 꼈는지 순무도 심겠다."

풀잎 들판에는 목소리가 들리지 않았다. 꿩이 바스락거리거나 퍼드득 도망가는 소리도 나지 않았다. 뾰족한 잎사귀가 대학살 후에 남은 화살처럼 날카롭고 핏빛으로 붉었다. 언덕을 올라 공동묘지로 터벅터벅 들어갈 때, 연약한 잎사귀가 발밑에서 바삭바삭 부서졌다. 여기서 보는 광경이 무척 멋졌다. 무한히 흔들리는 우즈 강의 수면, 돌아가는 풍차가 서 있고 갈아 일구어놓은 농지 80킬로미터, 저 멀리에 보이는 법원의 뾰족탑, 연기가 모락모락 올라오는 마을의 굴뚝. 나는 어머니와 아버지의 무덤 앞에 멈췄다. 이제까지 자주 오지는 않았다. 여기 오면 우울했다. 무덤같이 차가운 돌이, 내가 기억하는 부모님 두 분의 생기와는 너무 달랐기 때문이다. 아버지가 냉장고 팔러 출장 갈 때면 엄마가 펑펑 울었던 기억, 아버지가 벌거벗고 거리를 달렸던 기억. 줄이 가고 진흙이 묻은 이 대리석 위에 텅 빈 채로 놓인 테라코타 꽃병을 채울 꽃이 있었으면 싶었다. 라일리가 나를 도와주었다. 그는 모과나무에 맺히는 꽃송이를 꺾어주었고 내가 꽃을 꽂자 그 모습을 보며 말했다. "네 엄마가 좋은 분이었다니 다행이네. 대부분은 다 쌍년들이잖아." 나는 라일리가 자기 엄마를 의미한 것인지 궁금했다. 라일리에게 구구단을 외우며 마당을 폴짝폴짝 뛰게 했던 불쌍한 로즈 헨더슨. 하지만 내가 보기엔 라일리는 그 힘들었던 나날을 보상한 것만 같았다. 어쨌든 3천 달러는 나갈 만한 차가 있지 않은가. 중고긴 해도 그게 무슨 상관인가. 라일리의 차는 외제차로, 알파 로미오 로드스터였다(사람들은 로미오의 알파라고 농담했다). 뉴올리언스에서 교도소로 가는 처지가 된 정치가에게서 산 것이었다.

차가 비포장도로를 부르릉 달려가는 동안, 나는 누가 이 모습을 좀 봐주면 싶었다. 내가 라일리 헨더슨의 차에 앉아 항해하는 모습을 봐주었으면 싶은 사람들이 분명히 있었다. 하지만 사람들이 돌아다니기에는 너무 이른 시각이었다. 아침밥이 아직도 스토브 위에 있고, 지나가는 집의 굴뚝에서는 연기가 솟구쳤다. 우리는 교회 옆 모퉁이를 돌아 광장 주위로 가서 쿠퍼 마차 대여소와 케이티디드 빵집 사이를 지나는 흙길에 주차했다. 라일리는 가만히 있으라는 명령을 내리고 떠났다. 한 시간 이상 걸리지 않을 것이라고. 그래서 나는 좌석에 몸을 쭉 뻗고 대여소 마구간의 건초 더미 위에서 도둑 참새들이 찍찍거리는 소리에 귀를 기울이고, 갓 구운 빵 냄새, 빵집에서 흘러나오는 건포도 향처럼 새콤한 냄새를 들이마셨다. 빵집 주인 부부는 카운티라는 이름이었다. 시시 카운티 부부는 개장 시간인 8시에 맞추려고 새벽 3시에 일과를 시작했다. 깨끗하고 손님 많은 가게였다. 카운티 부인은 베레나의 포목점에서 가장 비싼 옷을 살 여유가 있었다. 거기 누워서 온갖 좋은 것들 냄새를 맡는 동안, 빵집 뒷문이 열리더니 손에 빗자루를 든 카운티 씨가 밀가루 먼지를 길로 쓸어냈다. 그는 라일리의 차를 보고 놀란 듯했다. 또, 내가 거기 타고 있는 것을 보고도 놀랐다.

"뭐 하고 있니, 콜린?"

"아무것도 안 해요, 카운티 아저씨." 나는 대답하며 그가 우리의 곤경을 알고 있을까 혼자 속으로 물었다.

"이제 10월이 와서 무척 행복하구나." 카운티 씨는 공기 속에 스민 냉기가 마치 만질 수 있는 물건이라도 되는 양 손가락으로 공기를 문질렀다. "여름은 끔찍했거든. 오븐이 너무 더워서 살 수가 없었단다. 자, 봐. 진저브레드맨이 널 기다리고 있으니. 들어와서 그 친구 달리도록 해보자."

카운티 씨는 나를 안으로 들어오게 해놓고 보안관을 부를 그럴 사람은 아니었다.

부인도 내가 찾아온 것이 세상에서 무엇보다 기쁜 일인 양 향기로운 오븐실로 반갑게 맞아주었다. 카운티 부인은 누구에게나 대개 호감을 주는 사람이었다. 수선 떨지 않는 성격의 부인은 몸매가 푸근한 편이었다. 코끼리 발목, 잘 발달된 팔, 불 때문에 언제나 불그스름하고 근육이 있는 얼굴. 부인의 눈은 파란색 설탕 장식 같았고, 머리카락은 빗자루 대신 밀가루 통 옆을 쓸어버린 듯했다. 부인은 발가락 끝까지 내려오는 앞치마를 둘렀다. 그 남편도 똑같은 것을 두르고 있었다. 이따금 카운티 씨가 풍성한 앞치마를 두른 채로 필스 카페의 구석에 기대 남자들이랑 맥주 한잔하는 시간을 가지려고 거리를 지나가는 모습을 종종 보기도 했다. 그럴 때면 우아한 마른 몸에 밀가루를 뒤집어쓰고 팔딱거리는 모습이 꼭 화장한 광대처럼 보였다.

카운티 부인은 작업대 위를 치워 자리를 만들고 내 앞에 커피한 잔과 시나몬롤이 담긴 따뜻한 쟁반을 내려놓았다. 돌리가 좋아하는 빵이었다. 카운티 씨는 뭐 다른 것이 먹고 싶으냐고 물었다. "나 애한테 약속했는데. 뭘 약속했더라? 아, 진저브레드 맨이었지." 그 아내는 밀가루 반죽 덩어리를 치댔다. "그건 애들이나 먹는 거예요. 콜린은 이제 어른이라고요. 거의. 콜린, 이제 몇 살이더라?"

"열여섯 살이에요."

"새뮤얼하고 똑같구나." 부인이 말하는 사람은 그 집 아들이었다. 우리는 모두 그를 '뮬'*이라고 불렀다. 그 성도로 새뮤얼은 노새보다 딱히 똑똑할 것도 없었다. 나는 그에 관한 소식이 없는지 물었다. 그 전해 여름, 8학년을 세 번 연속으로 유급한 후 뮬은 펜사콜라로 가서 해군에 입대했다. "마지막으로 소식을 들었을 땐 파나마에 있다고 했어." 부인은 밀가루 반죽을 납작하게 밀어 파이 바닥을 만들었다. "소식은 자주 듣지 못한단다. 내가 한번은 편지를 써서 말했지. 새뮤얼, 너 집에 편지 쓰는 게 좋을 거다. 아니면 엄마가 대통령에게 편지를 써서 네가 진짜 몇 살인지 말할 테니까. 너도 알겠지만 새뮤얼은 나이를 거짓으로 속여서 입대했거든. 그때 내가 얼마나 노발대발했는지, 학교에 있는 핸드 선생님을 향해 욕을 퍼부었지. 새뮤얼이 입대한 게 다 그 때문이잖아. 걔는 항상 8학년에 자기 혼자 남겨지니 참을 수가 없었던 거야. 걔는 그렇게 키가 껑충한데, 다른 애들은 다 조그맣고. 하지만 이제 보니까 핸드 선생님이 옳았다는 걸 알겠더라. 새뮤얼이 제 일을 제대로 못하는데 진급시켜주면 다른 애들에게 불공평한 거지. 뭐, 어쩌면 그게 최선의 결정이었다고 밝혀졌는지도 모르고. 시시, 콜린에게 사진 좀 보여줘요."

야자나무와 진짜 바다를 배경으로, 선원 네 명이 서로 어깨동무를 하고 히죽 웃으며 서 있는 사진이었다. 그 아래는 이렇게

*'노새'라는 뜻.

쓰였다. 엄마 아빠에게 신의 가호가 있기를, 새뮤얼. 그 사진을 보니 심술이 났다. 뮬은 바다를 보러 가버렸는데, 난, 음, 여기서 진저브레드맨이나 먹어야 할 신세라니. 사진을 돌려주자, 카운티 씨가 말했다. "남자가 자기 나라를 위해 봉사하는 건 적극 찬성이야. 하지만 새뮤얼은 여기서 우리를 도우면서 있어도 되었는데 아쉽지. 난 검둥이 조수에게 의지하는 건 싫거든. 거짓말쟁이에 뭘 슬쩍하기나 하고, 자기 주제를 절대 모르지."

"시시가 어째서 저러는지 난 정말 모르겠다." 부인은 입술을 삐죽이며 말했다. "저러면 내가 질색한다는 걸 잘 알면서. 흑인들이라고 백인들보다 더 나쁘지도 않아요. 어떤 경우에는 더 좋지. 가끔 다른 사람들에게도 그렇게 말할 때가 있단다. 이번처럼 캐서린 크리크 아주머니 경우도 그래. 난 구역질이 나더라. 캐서린이 괴팍하고 특이한 사람이긴 해도 세상에 그렇게 좋은 여자가 또 어디 있니. 그러고 보니, 캐서린에게 사식을 넣어줘야겠다는 생각이 드는구나. 보안관이 거기서 변변한 밥도 주지 않을 게 뻔하니까."

일단 변하면 제자리로 도로 돌아오는 것은 별로 없다. 세상은 우리를 알았다. 우리는 절대로 다시 따뜻해지지 않을 것이었다. 나는 추운 나무를 향해 오는 겨울을 생각하며 자제심을 잃고 울음을 터뜨렸다. 울면서 비를 맞아 썩은 누더기처럼 갈가리 찢겨졌다. 집을 떠난 이후로 항상 이렇게 울고 싶었다. 카운티 부인은 미안하다고 사과하며 자기가 무슨 언짢은 말이라도 했느냐고 물었다. 부인이 부엌에서 지저분해진 앞치마로 내 얼굴을 닦아주자 밀가루와 눈물이 풀처럼 엉겨 붙어 내 얼굴은 도리어 엉망이 되었고 우리는 웃음을 터뜨렸다. 웃을 수밖에 없었다. 그러자 사람들 말처럼 나는 기분이 훨씬 좋아지고 마음이 가벼워졌다. 내가 그렇게 감정을 분출하자 카운티 씨는 난처해서 가게 앞으로 나가버렸다. 남자다운 이유에서 그렇다는 것을 나도 잘 알았지만 그렇다고 나는 부끄럽지 않았다.

카운티 부인은 자기 몫으로 커피를 따르고 자리에 앉았다. "무슨 일이 있는지 다 알고 있는 척은 안 할게." 부인이 말했다. "내가 들은 바로는 돌리 양이 베레나와 의견이 잘 안 맞는 일이 있어서 살림을 그만두고 나갔다며?" 나는 상황이 그보다는 더 복잡하다고 말하고 싶었지만, 사건을 정리해보면 결국 그런 일이 아닐까 생각했다. "자." 부인은 조심스레 말을 이었다. "이렇게 말하면 내가 돌리를 탓하는 것처럼 들릴지도 모르겠지만 그렇지 않단다. 하지만 내 생각은 그래. 너희들은 집으로 돌아가야 해. 돌리도 베레나와 평화롭게 화해를 해야 하고. 돌리는 항상 그렇게 해오지 않았니. 돌리의 인생을 다르게 돌려 표현할 순 없단다. 또, 이러면 마을에 나쁜 예를 만들게 돼. 두 자매가 싸우고 그중 한 명이 나무에 앉아 있잖니. 게다가 쿨 판사님은 또 어쩌고. 난 살면서 처음으로 그 아들들이 안됐다 싶더라. 동네 지도층이라면 처신을 제대로 해야지. 그렇지 않으면 마을 전체가 산산이 부서져버린단다. 예를 들어 말이다, 저 광장에 있는 왜건 봤니? 그러면 한번 보는 게 좋을 거야. 저 사람들 카우보이 가족이란다. 순회 전도사라고, 시시가 그러더라. 내가 아는 건 저 사람들을 둘러싸고 대단한 소동이 있었고 돌리와도 좀 상관이 있다는 것뿐이야." 부인은 화가 났는지 종이 자루에 바람을 훅 불어넣었다. "내가 한 말을 돌리에게 전해줬으면 좋겠구나. 집에 가라고. 자, 여기, 콜린. 시나몬롤을 좀 가져가렴. 돌리가 얼마나 그걸 좋아하는지 아니까."

빵집을 나왔을 때 법원 시계탑의 종이 8시를 알렸다. 그렇다는 건, 7시 30분이라는 뜻이었다. 이 시계는 언제나 반시간 빨리 갔다. 한번은 그 시계를 수리하려고 전문가를 초빙했다. 거의 일주일 동안이나 뚱땅거린 끝에 이 전문가는 유일한 치료법으로 다이너마이트를 추천했다. 마을 의회에서는 그에게 수리비 전액을 지불해야 하는지를 두고 투표를 했다. 이 시계가 그렇게 만만하지 않다는 게 증명되자, 그에 시민들이 전체적으로 느끼는 자긍심이 있었기 때문이었다. 광장 주변에는 몇몇 상점이 개점 준비를 하고 있었다. 문간에는 비질로 먼지가 일었고, 고양이 소리도 없이 조용하고 쌀쌀한 거리를 꾸짖듯 쓰레기통이 굴러가며 우르르 울렸다. 베레나의 '지트니 정글'보다 고급 식품점인 '얼리 버드'에서는 흑인 소년 둘이 하와이 파인애

플 통조림으로 창문을 예쁘게 장식하고 있었다. 광장 남쪽, 이제 제명이 얼마 남지 않은 평온한 노인들이 사시사철 앉아 있는 사탕수수 의자 너머에서, 카운티 부인이 말한 왜건을 보았다. 현실적으로는 역사에 나오는 서부 시절 왜건과 비슷하도록 타르 천을 씌워놓은 옛날 트럭이었다. 텅 빈 광장에 홀로 선 왜건은 처량하고 바보처럼 보였다. 대략 1미터 20센티미터 높이의 수제 간판이 상어 지느러미처럼 지붕 위에 얹혀 있었다. "리틀 호머 허니가 주님을 위해 당신의 영혼을 올가미로 잡아드립니다." 다른 편에는 기포가 생기도록 페인트를 대충 발라서 10갤런은 될 만한 모자를 쓰고 활짝 웃는 녹색 머리를 그려놓았다. 아무리 해도 어떤 인간의 초상이라고 생각할 수는 없었지만, 간판에 따르면 그렇다고 했다. 어린이의 기적 리틀 호머 허니라고. 트럭 주위에 아무도 없기에 더 이상 볼 게 없어서 나는 감옥으로 향했다. 감옥은 포드 자동차 회사 옆에 있는 상자 모양 벽돌 건물이었다. 나도 안에 들어가본 적이 한 번 있었다. 빅 에디 스토버가 다른 소년들과 남자들 여남은 명과 함께 데려갔었다. 어느 날 그가 드러그스토어로 들어오더니 뭔가 보고 싶으면 감옥에 오라고 말했다. 구경거리는 보안관들이 화물 열차에서 잡은 마르고 잘생긴 집시 소년이었다. 빅 에디는 그에게 25센트를 주고 바지를 내리라고 말했다. 아무도 그 크기를 믿을 수가 없었다. 어른 중 한 명이 말했다. "맙소사, 그런 쇠 지렛대를 가지고 있는데, 어떻게 여기 갇혀 있을 수 있냐?" 몇 주 동안 그 농담을 들은 여자애들을 쉽게 분간할 수 있었다. 그 애들은 감옥 옆을 지날 때마다 킥킥 웃었으니까.

감옥 옆벽에는 특이한 문양이 장식되어 있었다. 돌리에게 물어보았더니, 어렸을 때 있었던 사탕 광고라고 했다. 그렇다면, 글자는 사라진 모양이었다. 남아 있는 것은 흐려진 벽장식이었다. 플라밍고처럼 분홍색의 천사 둘이 나팔을 들고 크리스마스 양말처럼 과일이 가득 찬 거대한 뿔 위로 내려오는 그림이었다. 벽돌 위에 그려져 빛바랜 벽화, 희미한 문신 같은 그림이었고, 도둑들의 수호성인인 양 여기 갇힌 천사 위에 햇빛이 파닥거렸다. 나는 사람들이 훤히 볼 수 있는 곳으로 당당하게 걸어가며 내가 어떤 위험을 무릅쓰고 있는지 잘 알았다. 하지만 나는 감옥을 지나쳤다가 다시 돌아가서 휘파람을 불었고 나중에는 캐서린, 캐서린, 하고 자그마한 목소리로 불러보았다. 이 소리를 듣고 캐서린이 창문으로 오기를 바라면서. 나는 어디가 캐서린의 창문인지 알아냈다. 그 창틀의 철창 너머에 금붕어 어항이 비쳤기 때문이었다. 나중에야 알게 되지만, 캐서린이 가져다달라고 부탁했다고 했다. 물고기가 주황색으로 깜박거리며 산호 궁전 주위를 헤엄쳤고, 나는 돌리가 그것, 궁전과 진주 구슬을 찾는 일을 도왔던 아침을 떠올렸다. 그것이 바로 시작이었다. 그러면 끝은 무얼까 생각하니 차가운 그림자 속에서 아래를 내려다보는 캐서린이 떠올라 갑자기 소름이 끼친 나는 캐서린이 창문으로 오지 않기를 기도했다. 캐서린은 아무도 보지 못한 듯싶어 나는 몸을 돌려 뛰어갔다.

라일리는 두 시간 넘게 차 안에서 나를 기다리게 했다. 모습을 드러냈을 때 즈음에는 그도 화가 잔뜩 나 있어 나는 감히 화를 내보지도 못했다. 그는 집에 갔다가 여동생들, 앤과 엘리자베스, 그리고 그날 밤을 같이 보냈던 모드 리오던이 아직도 침대에서 축 늘어져 있는 꼴을 발견했다. 그뿐이 아니었다. 응접실에는 코카콜라 병과 담배꽁초가 넘쳐났다. 모드가 원흉이었다. 모드는 같이 라디오를 듣고 춤을 추자고 남자애들 몇몇을 초대했다고 자백했다. 하지만 혼이 난 쪽은 동생들이었다. 라일리는 동생들을 침대에서 끌어내서 회초리질을 했다. 나는 물었다. 그게 무슨 뜻이야, 회초리질을 하다니? 내 무릎 위에 엎드리게 하고 테니스 신발로 때려줬지. 라일리가 말했다. 나는 상상할 수 없는 광경이었다. 위엄 있는 엘리자베스에게 느낀 내 인상과는 어긋났다. 동생들에게 너무 엄격한 것 아니야? 그러고는 거기에 앙심 어린 말투로 덧붙였다. 나쁜 건 모드잖아. 라일리는 나를 진지하게 쳐다보았다. 그래. 걔도 때려주려고 했지. 나를 보고 절대로 참고 들어줄 수 없는 온갖 욕을 했으니까. 하지만 잡기도 전에 모드가 뒷문으로 튀어버렸어. 나는 어쩌면 마침내 모드가 라일리를 잡으려고 미끼를 놓은 건지도 모른다고 생각했다.

라일리의 덥수룩했던 머리가 포마드를 발라서 머리에 딱 붙어 있었다. 라일락 향수와 탤컴파우더 냄새도 났다. 이발소에 들렀다는 말을 할 필요도 없었다. 그 이유도.

지금은 은퇴했지만, 그 시절에 이발소를 운영했던 사람은 남다른 인물이었다. 에이머스 르그랑. 보안관 같은 남자들은, 그 문제에 대해서는 라일리 헨더슨도, 아니 그 얘기가 나오면 모든 사람들이 이렇게 말했다. 저 할망구. 하지만 나쁜 뜻으로 하는 말은 아니었다. 모두들 에이머스와 있으면 즐거워했고 진정으로 그가 잘되기를 바랐다. 머리를 자를 때면 상자 위에 올라서야 하는 조그만 원숭이 같은 에이머스는 잘 흥분하고 캐스터네츠처럼 수다스러웠다. 단골 고객이면 누구든, 남녀 할 것 없이 자기라고 불렀고, 그에게는 아무 차이가 없었다. "자기." 그는 말하곤 했다. "머리 자를 때가 됐네. 실핀 한 쌈지 살 때가 됐어." 에이머스에게는 엄청난 재능이 하나 있었다. 그는 사업가든 열 살 난 소녀든 정말로 흥미로워할 화제를 떠들 수 있었다. 벤 존스가 땅콩 수확에 얼마나 값을 쳐 받았는지부터 메리 심슨의 생일 파티에 누가 초대를 받았는지까지.

그러니 라일리가 소식을 얻으려고 이발소에 간 것도 당연했다. 물론 라일리는 들은 소식을 단도직입적으로 되풀이해주었지만, 나는 그 말을 하는 에이머스의 모습이 눈에, 벌새처럼 앵

앵거리는 소리가 귀에 선했다. "있잖아, 자기, 돈을 아무 데나 놔두면 그렇게 되는 거야. 많고 많은 사람들 중에서도 베레나 탈보라니. 베레나가 은행으로 달려갔더니 돈이 다 빠져나가고 없었나봐. 1만 2700달러나. 하지만 그게 끝이라고 생각하면 오산이지. 베레나와 리츠 박사가 같이 사업을 하려던 모양인데, 그래서 그 오래된 통조림 공장 산 거잖아. 그런데, 이거 봐라. 베레나가 리츠에게 기계를 사라고 1만 달러를 주었대. 누가 알았겠어. 그 사람이 기계를 사는 데 한 푼도 쓰지 않았다는 것 있지. 다 자기 주머니에 챙겼다잖아. 리츠로 말하자면, 터럭 하나 못 찾았대. 아마 남미로 튀었겠지. 언제 될지는 모르지만 거기 가면 찾을 수 있을 거야. 사람들이 그 사람과 베레나 사이에 그렇고 그런 일이 있다고들 쑥덕댔어도 난 아니었지. 베레나 탈보는 너무 까다로운 사람이라고 말했어. 자기, 그 유대인은 내가 이제까지 본 사람 중에서도 가장 비듬이 심한 인간이었거든. 하지만, 베레나처럼 잘난 여자가, 그 사람에게 반했을지도 몰라. 이 모든 것 때문에 그 언니하고 그런 사달이 벌어진 거지. 소동을 피우고. 카터 의사가 베레나에게 주사를 놓았는지 모르겠네. 하지만 정말 내가 넘어간 건 찰리 쿨 때문이었어. 죽을 날도 얼마 안 남은 사람이 거기서 뭐 한대?"

우리는 차를 타고 시내를 빠져나왔다. 불쑥, 벌레들이 앞 유리에 침같이 걸쭉한 걸 뱉었다. 바짝 말라 풀 먹인듯 빳빳한 푸른 하늘이 휘파람을 불었고 구름 한 점 없었다. 하지만 뼈에서는 폭풍우가 오리라는 예감이 분명히 들었다. 이런 증상은 노인들에게는 흔히 오는 통증이지만, 젊은이에게는 상당히 드문 일이다. 물기 어린 천둥이 우르르 치는 소리가 관절을 울리는 듯했다. 그렇게 아플 때는 허리케인이 오고 있다는 것 외에 다른 건 느낄 수 없었기에, 라일리에게도 그렇게 말했다. 라일리는 무슨 소리야, 미쳤구나, 하늘을 봐, 라고 대꾸했다. 비가 오느냐를 두고 우리가 막 내기를 하는데, 라일리가 공동묘지로 편리하게 접근하려고 격한 커브를 돌다가 말고 움찔하더니 브레이크를 밟았다. 우리는 지난 인생을 주마등처럼 돌아볼 만큼 쭉 미끄러져 갔다.

라일리의 잘못이 아니었다. 길 한가운데에 빠져나가려고 애쓰는 절름발이 황소처럼 리틀 호머 허니 왜건이 서 있었다. 기계가 무너지듯 우당탕 소리를 내며 왜건은 우뚝 섰다. 다음 순간, 운전자가 내렸다. 여자였다.

여자는 젊지 않았지만 시소처럼 실룩이는 엉덩이에는 쾌활한 기운이 있었고, 가슴은 알랑대듯 복숭앗빛 블라우스에 붙어 봉긋하게 솟았다. 술이 달린 섀미가죽 치마에 무릎까지 올라오는 카우보이 부츠를 신고 있었지만, 그건 실수 같았다. 다리가 다 드러났다면 몸에서 가장 예쁜 부분일 것만 같았다. 여자는 차문에 기댔다. 속눈썹이 참을 수 없이 무겁다는 양 눈꺼풀을 내리깔았다. 그러면서 혀끝으로 새빨간 입술을 축였다. "안녕, 친구들." 느릿하게 타는 도화선이 달린 듯 질질 끄는 목소리였다. "길 좀 가르쳐주면 고맙겠는데."

"정신 나갔어요?" 라일리가 나섰다. "우리 차가 뒤집힐 뻔했잖아요."

"그런 말을 하다니, 놀랍네." 여자가 애교 있게 커다란 머리를 쳐들었다. 인공적으로 만든 살구색 머리카락은 꼼꼼하게 말았고, 곱슬머리는 음악 없는 종같이 흔들렸다. "자기들도 과속하고 있었잖아." 여자는 침착하게 라일리를 탓했다. "과속 금지법도 있는 걸로 아는데. 하긴 여긴 특히 뭐든 금지하지만."

라일리가 말했다. "저 트럭을 금지하는 법도 있어야 할걸요. 저런 고물이 돌아다니도록 허락하면 안 되죠."

"나도 알아." 여자가 웃었다. "우리 맞바꿀까. 하지만 우리 모두 이 차에 다 들어갈 수는 없겠네. 왜건도 약간 비좁은데. 담배 하나 있으면 줄래? 사람 참 후하네, 고마워." 여자가 담배에 불을 붙일 때 나는 그 여자의 손이 얼마나 야위고 거친지 알아챘다. 손톱은 칠하지 않았고, 그중 하나는 문에 찧었는지 까졌다. "이 길로 가면 탈보 양을 만날 수 있다고 들었는데. 돌리 탈보. 나무 위에 산다면서. 친절을 베풀어 우리에게 길 좀 알려준다면……."

여자의 뒤에 선 트럭에서 고아원 하나가 튀어나온 듯했다. 뒤뚱거리는 안짱다리로 제대로 걷지도 못하는 아기들을 비롯하여, 콧물을 줄줄 흘리는 노랑머리 아이들, 브래지어를 해야 할 만큼 성숙한 소녀들, 어른에 맞먹을 정도로 큰 소년들 몇. 세어보니 열 명까지는 알 수 있었다. 여기에는 사팔뜨기인 쌍둥이 하나와 다섯 살도 안 되었을 아이가 안은 기저귀 찬 아기 하나까지 포함되었다. 그래도 무슨 마술사 모자의 토끼인 양 아이들은 계속 튀어나와 늘어나서 길을 가득 채웠다.

"다 아줌마 아이예요?" 나는 정말로 불안해서 물었다. 다시 세어보니 총 열다섯이었다. 소년 하나, 열두 살 정도 되어 보이고 작은 철테 안경을 쓴 아이는, 걸어 다니는 버섯처럼 10갤런은 될 만한 모자를 쓰고 팔딱팔딱 돌아다녔다. 대부분은 카우보이와 비슷한 차림을 했다. 부츠를 신었거나, 적어도 로데오 스카프를 맸다. 하지만 무척 의기소침한 일행이었고, 아프게 보이기까지 했다. 몇 년 동안 삶은 감자와 양파만 먹고 살아온 몰골이었다. 아이들은 유령처럼 조용하게 차를 둘러싸고 다가왔다. 막내만 전조등을 쾅쾅 치면서 펜더 위에서 콩콩 뛰었다.

"그렇고말고. 모두 내 아이들이지." 여자는 엄마 다리를 빙글빙글 돌며 노는 꼬마 여자애를 찰싹 쳤다. "가끔은 아닌 애들도 한둘 주워 온 것 같지만." 여자가 어깨를 으쓱하자 몇몇 어린이들이 슬며시 웃었다. 모두들 여자를 깊이 사랑하는 듯 보였다. "애들 아빠 중 몇몇은 죽었어. 나머지는 살아 있는 것 같지만. 둘 중 하나겠지, 뭐. 어느 쪽이든 우리가 상관할 바는 아니지. 자기들은 지난밤 우리 집회에서 못 본 것 같네. 나는 아이다 자매야. 리틀 호머 허니의 엄마." 나는 누가 리틀 호머인지 알고 싶다고 했다. 여자는 주위를 휙 훑더니 모자를 쓰고 비틀거리는 안경잡이 소년을 골라냈고 소년은 우리에게 인사했다. "예수님을 찬양하라. 호루라기 불어볼까요?" 소년은 볼을 불룩하게 하고 양철 호루라기를 불어댔다.

"저런 방법을 쓰면." 엄마라는 여자는 뒷머리를 끌어올리며 말했다. "악마를 겁주어 쫓아버릴 수 있지. 또, 실용적인 소용도 여럿 있고."

"25센트예요." 아이가 거래를 시도했다. 차가운 크림처럼 걱정스러운 작은 얼굴이었다. 모자가 눈썹까지 내려왔다.

돈만 있었더라면 하나 사고 싶었다. 아이들이 굶주리고 있다는 건 뻔히 알 수 있었다. 라일리도 같은 생각이었는지, 어쨌든 50센트를 꺼내 호루라기 두 개를 샀다. "주님의 축복을." 리틀 호머는 잇새에 동전을 끼우고 꽉 깨물어보았다. "요새 가짜 돈이 많이 나돈다고 해서." 그 엄마가 사과하듯 말했다. "우리 업계에선 그런 문제가 일어나면 곤란하거든." 여자는 한숨을 지었다. "그렇지만 길을 알려줄 수 있겠니? 우린 먼 길을 갈 수는 없단다. 기름이 얼마 남지 않아서."

라일리는 여자에게 시간 낭비라고 말했다. "더 이상 아무도 없어요." 그는 엔진을 껐다. 우리 뒤에 막힌 또 다른 운전자가 경적을 울리고 있었다.

"나무에 없어?" 엔진의 참을성 없는 포효 위로 여자의 목소리는 구슬프게 울렸다. "하지만 그러면 어디 가서 그 사람을 찾지?" 여자는 두 손으로 차를 멈추려 했다. "우리 중요한 일이 있어서 그래. 우린⋯⋯."

라일리는 차를 앞으로 출발시켰다. 피어오르는 길 먼지 위로 그들이 우리 뒤를 바라보는 모습이 보였다. 나는 라일리에게 부루퉁하게 말했다. 저 사람들이 무슨 일로 저러는지 알아봤어야 하지 않겠느냐고.

그러자 그가 대답했다. "아마 내가 아는 것 같아."

라일리는 자세히도 알고 있었다. 에이머스 르그랑이 아이다 자매에 대해 속속들이 알려주었기 때문이었다. 아이다는 이전에 우리 마을에 와본 적이 없었지만, 에이머스는 이따금 여기저기 다니는 편이라 이 여자를 보틀에서 열린 한 박람회에서 본 적이 있다고 했다. 여기서 멀지 않은 군 마을이었다. 또, 이 여자는 버스터 목사에게도 낯선 사람이 아닌 듯했다. 아이다가 도착하자마자 목사는 보안관을 찾아가 리틀 호머 허니 단원이 집회를 열지 못하도록 금지령을 내려달라고 요구했다. 협잡꾼들, 목사는 그렇게 불렀다. 그러면서 이 소위 아이다 자매라는 여자는 여섯 개 주에서 악명 높은 매춘부라고 주장했다. 생각해보시오, 아이가 열다섯인데 남편은 흔적도 없다니! 에이머스 또한 이 여자가 한 번도 결혼한 적 없을 것이라고 확신했다. 보안관은 말했다. 그렇지 않아도 문제는 차고 넘치지 않나? 그 바보들 생각이 맞는지도 모르겠군, 나무 위에 앉아서 자기들 일에는 상관하지 말라고 했던 자들이. 5센트만 주면 나도 가서 그들과 한패가되는 게 낫겠어. 버스터 목사는 보안관 노릇을 제대로 못하려거든 배지를 내놓으라고 말했다. 그동안 아이다 자매는 어떤 법적 방해도 받지 않고 광장 참나무 아래서 저녁 기도 집회를 열어 온갖 사기 행각을 벌였다. 신앙 부흥 운동가들은 이 마을에서 인기가 있었다. 음악이 있기 때문이었다. 야외에서 노래하고 모일 기회가 생기므로. 아이다 자매와 그 가족은 특히 인기였다. 남달리 비판적인 에이머스조차도 라일리에게 대단한 구경을 놓쳤다고 했다. 이 아이들 진짜로 노래 잘하더라고, 리틀 호머 허니는 춤추고 줄을 돌릴 때 무척 귀엽더라고 했다. 모두들 즐거운 시간을 보냈지만 버스터 목사 부부가 와서 깽판을 쳤다. 특히 그들의 약을 올린 것은 아이들이 주님의 빨랫줄을 들고 다니기 시작했을 때였다. 빨래집게를 걸어놓고 구경꾼들이 헌금을 낼 수 있도록 한 빗줄이었다. 버스터에게는 동전 한 푼 헌금하지 않던 사람들이 1달러짜리 지폐를 걸었다. 목사가 참을 수 있는 도를 넘었다. 그래서 그는 탈보 레인에 있는 집으로 가서 베레나를 말로 슬슬 꼬였다. 목사가 행동을 얻어내려면 베레나의 지지가 필수적이라는 것을 깨달았던 것이다. 에이머스에 따르면 그는 어떤 닳고닳은 신앙 부흥 운동가가 돌리를 이교도, 예수의 적이라고 부른다며 베레나의 화에 불을 붙였다 한다. 그래서 베레나는 탈보 가의 이름을 걸고서라도 이 여인을 동네에서 몰아내겠다고 다짐했다. 그때 아이다 자매가 탈보라는 이름을 들어봤을 가능성은 희박했다. 하지만 베레나는 몸이 아프기는 했어도 곧장 일에 착수했다. 베레나는 보안관에게 전화를 걸어 말했다. 여기 봐, 주니우스, 이 사기꾼들을 주 경계선 밖으로 쫓아냈으면 좋겠어. 이것은 명령이었다. 버스터 목사는 이 명령의 실행을 자신의 임무로 삼았다. 그는 보안관을 대동하고 아이다 자매와 그 자식들이 집회 후 청소를 하고 있는 광장으로 갔다. 마지막에는 진짜 몸싸움까지 일었다. 버스터가 부당한 이득을 취했다며 주님의 빨랫줄에 걸린 돈을 압수해야 한다고 주장한 것이 주된 이유였다. 그래서 그는 그 돈을 차지했다. 몇몇 할퀸 자국과 함께. 많은 구경꾼들이 아이다 자매의 편을 들었지만 소용이 없었다. 보안관은 다음 날 정오까지 이 마을에서 나가는 편이 좋을 것이라고 경고했다. 나는 이 이야기를 다 듣자, 라일리에게 물었다. 어째서 이 사람들이 부당한 대접을 받았는데도 좀 더 친절히 도와주지 않았어? 그가 무슨 대답을 했는지 짐작도 못 할 것이다. 무척이나 진지하게 그는 그런 헤픈 여자가 돌리와 연관이 되어서는 안 된다고 대답했다.

나무 아래 피운 불이 바지직 타올랐다. 라일리가 나뭇잎을 모으는 동안, 판사는 연기가 눈을 찌르는데도 우리의 점심 식사를 차렸다. 빈둥거리는 쪽은 우리였다, 돌리와 나. "난 두렵구나." 돌리는 루크 카드를 돌리면서 말했다. "베레나가 돈을 다 잃었을까 정말 두려워. 그럼 너도 알지. 동생한텐 돈을 잃어버리는 것이 무엇보다도 쓰라리다는 걸. 이유야 어쨌든 베레나는 그 사람을 신뢰했잖니. 리츠 박사 말이야. 그 애길 들으니 모디 로라 머피가 계속 떠오르는구나. 우체국에서 일했던 여자. 그 애와 베레나는 무척 가까웠어. 세상에, 모디 로라가 그 위스키 외판원에게 반해서 결혼했을 때 베레나에겐 큰 충격이었어. 그렇다고 모디 로라를 비난할 순 없지. 그 남자를 사랑했다면 적절한 행동이었으니까. 그렇지만, 모디 로라와 리츠 박사는 베레나가 유일하게 신뢰한 두 사람이었어. 그런데 둘 다……. 그런 일을 당하면 누구라도 심장을 도려낸 듯 아플 거야." 돌리는 주의를 딴 데 팔면서 루크 카드를 만지작거렸다. "너 이전에 뭔가 말하지 않았니. 캐서린 애기."

"캐서린의 금붕어 애기였어요. 그거 창문에서 봤어요."

"하지만 캐서린은 못 봤고?"

"못 봤어요. 뭐, 금붕어뿐이었어요. 카운티 아주머니가 무척 잘해주셨어요. 감옥에 먹을 걸 좀 보내주시겠다고 하셨어요."

돌리는 카운티 부인의 시나몬롤을 쪼개 건포도를 골라냈다. "콜린, 그 사람들이 자기 멋대로 하게 놔둔다면, 우리가 포기한다면 말이야. 그들이 캐서린을 풀어주겠지, 그렇지 않겠니?" 돌리는 눈을 들어 나무 꼭대기를 향했다. 타래처럼 얽힌 나뭇잎 사이로 어떤 길을 찾는 듯 보였다. "내가…… 내가 굴복해야 할까?"

"카운티 아주머니는 그렇게 생각해요. 우리가 집으로 가야 한다고."

"왜인지도 말했니?"

"왜냐하면…… 이렇게 말씀하시더라고요. 돌리가 항상 그렇게 해왔으니까. 언제나 평화롭게 화해했다고 말했어요."

돌리는 미소를 띠더니 긴 치마의 주름을 폈다. 스며든 빛이 손가락 위에 햇빛 고리를 만들었다. "선택의 여지가 있기는 했고? 내가 원한 건 그거였단다. 선택. 내가 다른 삶을 가질 수 있다는 것, 내 선택으로만 이루어진 삶을 살 수 있다는 것을 알고 싶었어. 그게 내가 이루고 싶은 평화란다. 진정으로." 돌리는 아래의 풍경에 눈을 두었다. 라일리가 나뭇가지를 쪼개고 판사가 김이 오르는 냄비 위에 수그리고 있었다. "게다가 판사님, 찰리는 우리가 포기하면 무척 실망할 거야. 그래." 돌리는 내 손을 잡고 깍지를 꼈다. "그분은 내게 무척 다정하단다." 가늠할 수 없는 침묵이 그 순간을 길게 늘렸고 내 심장은 동요했다. 나무가 마치 접히는 우산처럼 안으로 닫히는 듯했다.

"오늘 아침, 네가 나간 동안 그분이 내게 청혼했단다."

판사는 돌리의 말을 들은 양 몸을 쭉 폈다. 남학생 같은 미소가 그의 시골스러운 얼굴에 청춘을 되살렸다. 그는 손을 흔들었다. 답례로 손을 흔들어주는 돌리의 표정이 얼마나 매력적인지 못 본 체하기가 어려웠다. 익숙했던 초상화를 새로 깨끗이 닦고 보니 그때까지는 알지 못했던, 생생하게 빛나며 더 선명한 색깔을 발견한 듯했다. 그게 무엇이든, 돌리는 이제 다시 구석의 그림자로 돌아가진 않을 것이었다.

"그러니까, 이제…… 불행해하지 마, 콜린." 돌리는 나를 꾸짖었다. 어떻게든 돌리는 나의 분개심을 알아차린 듯했다.

"하지만 돌리는……?"

"난 한 번도 스스로 마음을 결정하는 특권을 얻지 못했어. 결정하게 되면, 하느님의 뜻으로 무엇이 옳은지 알게 되겠지." 돌리는 내 관심을 다른 쪽으로 돌렸다. "또 다른 사람 마을에서 봤니?"

나는 누군가 만났다고 지어낼 수도 있었다. 돌리를 도로 찾아올 만한 이야기. 이제 돌리는 미래로 나아가고 있는데, 나만 따라가지 못하고 똑같이 남아 있었다. 하지만 아이다 자매, 그 왜 건, 아이들 이야기를 묘사하고 그들이 보안관과 충돌한 사연과 우리가 길에서 만났을 때 나무 위에 사는 숙녀에 대해 물어봤다는 이야기를 하면서, 우리는 한순간 섬이 갈라놓았던 강물이 다시 합쳐지듯 함께 흘러갔다. 라일리가 내가 배신한 걸 알면 상황이 무척 나빠지겠지만, 나는 라일리가 아이다 자매 같은 여자는 돌리에게 어울리는 사람이 아니라고 했다는 말까지도 털어놓았다. 돌리는 이 이야기를 듣자 점잖게 웃어넘겼다. 그러더니 별안간 진지하게 말했다. "하지만 그건 사악한 짓이구나. 아이들의 입에 들어갈 빵을 빼앗으면서 거기 내 이름을 이용하다니. 부끄러운 줄 알아야지!" 돌리는 결연히 모자를 폈다. "콜린, 일어서라. 너랑 나랑 잠깐 산책 좀 나가야겠다. 그 사람들은 네가 떠난 그 자리에 그대로 있을 거야. 적어도 확인해볼 순 있지."

판사는 우리를 말리려고 했다. 적어도 돌리가 산책을 원한다면 자기가 같이 가야 한다고 주장했다. 내 질투 섞인 악의를 달래기까지는 한참 걸렸지만, 돌리는 판사에게 남아서 살림을 봐주는 편이 좋겠다고 했다. 콜린이랑 함께 가면 충분히 안전할 거라고. 그저 다리 운동을 조금 하려는 것뿐이라고.

여느 때처럼 돌리를 재촉해서 빨리 걷게 할 수는 없었다. 심지어 비가 올 때도 무슨 정원에서 한가로이 노니는 양 평소 걷는 길을 따라 느릿느릿 걷는 것이 돌리의 습관이었다. 돌리의 눈은 귀한 약초를 찾아내는 데 탁월했다. 페니로열이나 스위트 메리와 박하 가지, 옷을 향기롭게 물들일 유용한 허브. 돌리는 이것들을 누구보다도 먼저 발견했고, 돌리가 가진 유일한 허영심은 어떤 발견을 하면 다른 사람보다 먼저 가리키기를 좋아하는 버릇 정도였다. 새 발자국이 동그랗게 찍힌 모양, 고드름이 맺힌 처마. 돌리는 항상 이리 와서 보라고 부르곤 했다. 고양이 모양 구름, 별들 사이에 떠가는 배, 서리 모양. 이렇게 천천한 태도로 우리는 풀잎을 가로질렀다. 돌리는 주머니 가득 시든 민들레와 꿩 깃털을 담았다. 나는 이렇게 가다간 길에 닿았을 땐 해가 지겠다고 생각했다.

운 좋게도 그렇게까지 멀리 가지 않아도 되었다. 묘지에 들어서자 무덤 사이에 진을 치고 있는 아이다 자매와 가족 모두를 발견했다. 애처로운 놀이터였다. 사팔뜨기 쌍둥이는 언니가 머리를 잘라주고 있었다. 리틀 호머는 침을 발라가며 나뭇잎으로 부츠에 윤을 내는 중이었다. 어른에 가까운 소년은 어떤 묘석에 등을 대고 대자로 누워 기타로 우울한 선율을 뜯고 있었다. 아이다 자매는 아기에게 젖을 물리는 중이었다. 엄마의 젖가슴에 웅크리고 안긴 아기는 분홍색 귀처럼 보였다. 아이다는 우리가 오는 줄 알았어도 일어나지 않았다. 돌리가 말했다. "제 아버지 위에 앉아 있는 것 같은데요."

아이다가 탈보 씨의 무덤 위에 앉아 있는 건 사실이었다. 아이다는 묘석을 읽어보더니(유라이어 펜윅 탈보, 1844~1922, 훌륭한 군인이자 다정한 남편, 자상한 아버지) 말했다. "죄송하네요, 군인 아저씨." 아이다는 블라우스 단추를 채우고 일어서려 했다. 그러자 아기가 앙 울음을 터뜨렸다.

"그러지 않아도 돼요. 나는 그저⋯⋯ 자기소개를 하려던 것뿐이니까."

아이다 자매는 어깨를 으쓱했다. "어쨌든 아기 먹이느라 쑤시던 참이라서요." 그러면서 피가 통하도록 몸을 문질렀다. "또 너구나." 아이다는 재미있다는 듯 나를 다시 쳐다보았다. "친구는 어디 가고?"

"제가 알기로는⋯⋯." 아이들이 미로처럼 돌리 주위로 몰려들자 돌리는 불편한 듯 말을 멈췄다. "나를." 산토끼만 한 남자아이가 돌리의 치마를 들치고 정강이 살을 꼼꼼히 살피는데도 돌리는 무시하려고 하며 말을 이었다. "만나고 싶어 했다면서요. 내가 돌리 탈보예요."

아기의 자세를 바꾸어 안으며 아이다 자매는 한 팔을 뻗어 돌리의 허리를 감았고, 포옹하다시피 하며 마치 오래된 친구처럼 말했다. "당신은 믿을 수 있을 줄 알았죠, 돌리. 애들아." 아이다는 아기를 바통처럼 들었다. "돌리에게 말해주렴, 우리가 돌리를 헐뜯는 말은 한마디도 하지 않았다고!"

아이들은 고개를 저으며 웅얼거렸고 돌리는 감동받은 듯했다. "우리는 마을을 떠날 수 없다고, 그 사람들에게 줄곧 말했어요." 아이다가 말하더니 자기가 역경에 빠진 사연을 털어놓기 시작했다. 여기 그림을 그려 보일 수 있다면 좋으련만. 오래된 얼굴 베일처럼 유행에 뒤떨어지고 정중한 돌리와 과일 같은 입술에 재미를 좇으며 사는 사람 같은 아이다 자매. "문제는 현금이에요. 그 사람들이 다 가져갔거든요. 그 사람들이야말로 체포해야 해요. 토한 찌꺼기같이 생긴 버스터 목사와 뭐시기 보안관까지. 자기가 무슨 킹콩인 줄 알더라고요." 아이다는 숨이 턱에까지 닿았다. 얼굴은 라즈베리 조각처럼 붉었다. "단순한 진실은요, 우리는 오도가도 못하게 되었다는 거예요. 돌리 이야기를 들었지만, 다른 사람을 험담하는 건 우리 신조가 아니거든요. 아, 그게 트집 잡는 구실인 것은 알아요. 하지만 당신이 사실을 바로잡아줄 수 있다고 생각을 했는데……."

"난 그렇게 할 수 있는 사람 아니에요, 맙소사." 돌리가 말했다.

"하지만 어떻게 하겠어요? 기름은 반 갤런밖에 없고. 어쩌면 그 정도도 없을지 몰라요. 입은 열다섯에 돈은 달랑 1달러 10센트. 차라리 감옥에 가는 편이 나을지도 모르죠."

그러자 돌리가 의기양양하게 선언했다. "나한텐 친구가 있어요. 똑똑한 분이에요. 그분이면 답변을 알 거예요." 돌리의 목소리에 기쁘게 어린 자신감으로 보아 돌리가 이 사실을 100퍼센트 믿고 있다는 것을 알 수 있었다. "콜린, 네가 먼저 뛰어가서 판사님께 오늘 밤 저녁 손님이 온다고 알려드려."

나는 다리를 때리는 풀을 헤치고 전속력으로 들판을 뛰어갔다. 판사의 얼굴을 보고 싶어 좀이 쑤셨다. 하지만 판사의 얼굴에 비친 표정은 실망이 아니었다. "세상에나!" 그는 물러섰다 다시 몸을 앞으로 내밀었다. "열여섯 명이라니." 그는 불 위에서 보글보글 끓는 빈약한 스튜를 보더니 머리를 쳤다. 라일리가 어떻게 생각할지 몰라서 나는 돌리가 아이다 자매를 만난 건 내가 한 짓이 아니라고 변명하려 했다. 하지만 라일리는 가만히 서서 눈으로 내 가죽을 벗길 듯 쏘아보았다. 판사가 우리를 서둘러 가보라고 보내지 않았다면 험한 말이 오갈 뻔했다. 판사는 불을 더 크게 키웠고, 라일리는 물을 좀 더 떠 왔다. 우리는 스튜에 정어리와 핫도그, 푸른 월계수 잎, 사실 손에 닥치는 것은 뭐든 넣었다. 스튜가 더 걸쭉해질지 모른다는 판사의 주장에 소금 크래커도 한 상자 넣었다. 몇 가지는 실수로 들어갔다. 가령 커피 가루 같은 것. 가족 모임을 준비하는 요리사들이 과로하다 못해 흥이나는 경지에 이르는 것처럼 우리는 뻔뻔스럽게도 뒤로 물러서서 서로 노고를 치하했다. 라일리는 나를 용서하듯 동무답게 배를 치는 흉내를 냈다. 아이들의 첫 무리가 도착하자 판사는 기운차게 환영 인사를 내질러서 아이들에게 겁을 주었다.

일행이 다 모일 때까지는 아무도 앞으로 나서려 하지 않았다. 오후 경매에 갔던 여자가 결과물을 보여주듯 불안하게, 돌리는 아이들을 앞으로 데리고 나와 소개했다. 아이들은 돌아가며 이름을 말했다. 베스, 로렐, 샘, 릴리, 아이다, 클레오, 케이트, 호머, 해리. 이어지던 노랫가락은 한 꼬마 소녀가 이름을 대지 않으려 한 바람에 끊겨버렸다. 소녀는 비밀이라고 했다. 아이다 자매는 소녀의 뜻에 따라 비밀이라고 생각하면 그렇게 놔두라고 했다.

"아이들 모두 너무 칭얼대어서요." 아이다 자매는 연기 낀 목소리와 풀 같은 속눈썹으로 판사에게 좋은 인상을 주며 말했다. 판사는 악수하며 지나치게 오래 손을 잡고 지나치게 활짝 웃었다. 나는 세 시간 전에 다른 여자에게 청혼한 남자치고는 좀 이상한 행동이 아닌가 하는 생각을 하며, 돌리가 알아차리고 다시 생각해볼 여지를 갖길 바랐다. 하지만 돌리는 이렇게 말할 뿐이었다. "아이들이 칭얼대는 것도 당연하죠. 무척 허기질 테니." 그러자 판사가 기분 좋게 손뼉을 치며 뽐내듯 스튜 쪽으로 고갯짓을 하면서 금방 요리를 마치겠다고 장담했다. 그동안 그는 아이들이 시내로 가서 손을 씻는 것이 좋지 않겠느냐고 했다. 아이다 자매는 아이들이 그보다 더한 것도 씻을 것이라고 맹세했다. 말이 나왔으니 하는 말이지만, 아이들은 씻을 필요가 있어 보였다.

이름을 비밀로 하고자 한 꼬마 소녀 때문에 문제가 있었다. 소녀는 아빠가 업어주지 않으면 가지 않겠다고 버텼다. "오빠가 내 아빠 해도 돼." 소녀는 라일리에게 말했고, 라일리도 아니라고 하지 않았다. 라일리가 소녀를 목말 태우자, 소녀는 간지럽다고 난리를 피웠다. 시내로 가는 내내, 소녀는 짓궂은 장난을 쳤다. 소녀가 두 손으로 눈을 가리자, 라일리는 나무 덩굴 속으로 비틀비틀 넘어졌고 소녀가 하늘이 떠나가라 지르는 비명이 공기를 갈랐다. 라일리는 이제 할 만큼 했으니 내려가서 걸어가라고 했다. "제발. 오빠한텐 내 이름 살짝 알려줄게." 나중에 나는 기억이 나서 라일리에게 그 애 이름이 뭐냐고 물었다. 텍사코 가솔린이었다. 두 단어가 무척 아름답다는 이유였다.

시냇물은 무릎 높이까지도 차지 않는다. 강기슭에는 녹색 이끼가 반드럽게 깔려 있고 봄이 되면 눈 같은 금잔화와 난쟁이 제비꽃이 벌떼를 위한 꽃 케이크 장식처럼 활짝 피었다. 벌집은 물월계수에 달려 있었다. 아이다 자매는 아이들이 미역 감는 것을 감독할 수 있도록 강기슭에 자리를 정했다. "지금부터 속이면 안 돼. 다들 엄청나게 야단법석을 피우도록." 우리는 정말로 그렇게 했다. 결혼해도 될 만한 말만 한 처자들이 실오라기 하나 걸치지 않고 돌아다녔다. 마찬가지로 크고 작은 소년들은 홀딱 벗었다. 돌리가 판사와 함께 뒤에 남은 것이 다행이었다. 라일리도 같이 오지 않았으면 좋았겠다 싶었다. 라일리는 자기가 창피한 나머지 다른 사람들을 창피스럽게 만들었기 때문이었다. 하지만 이제야, 그가 어떤 남자인지 보고 난 후에야 나는 그의 새침한 성격에 내포된 역설을 진지하게 이해할 수 있다. 라일리는 스스로 무척 점잖게 행동하고 싶었던 탓에 다른 사람들의 결함이 그의 입장에서는 타락으로 보였던 것이다.

청춘과 숲 속의 강을 그린 유명한 풍경화들은, 세월이 한참 흐른 후에, 미술관의 차가운 방 안을 따라가다보면 종종 만나게 된다. 종종 나는 그런 그림 앞에 발길을 멈추고 똑같지는 않아도 지나가버린 풍경을 회상하며 오랫동안 추억에 사로잡혀 서 있었다. 닭살 돋은 아이들 무리가 가을 시내에서 미역을 감는 광경. 하지만 이 그림이 보여준 것처럼 튼튼한 소년들과 다이아몬드 같은 물방울을 떨어뜨리며 물살을 가르던 소녀도 있었다. 그럴 때면 나는 궁금했고, 지금도 궁금하다. 그들이 어떻게 살아갔는지, 이 세상에서 어디로 갔는지, 그 특별한 가족들은.

"베스, 머리카락을 물에 풍덩 담가. 물장구 그만 쳐, 로렐. 내 말 들어, 벽. 그거 그만둬. 너희들 모두 귀 뒤를 깨끗이 씻어. 이런 기회가 언제 다시 올지 아무도 모르니까." 하지만 이윽고 아이다 자매는 느긋해져서 아이들을 자유롭게 풀어놓았다. "오늘 같은 어떤 날이었는데……." 아이다는 이끼에 푹 누웠다. 그러면서 눈을 한껏 반짝이며 라일리를 보았다. "닮은 데가 있긴 있어. 저 입, 저 똑같은 돌출형 귀. 담배 있니?" 아이다는 라일리가 혐오하는 기색을 역력히 보여도 아랑곳하지 않고 말했다. 사람을 달래는 표정이 떠오르자 순간 이전에 그녀가 어떤 소녀였는지 희미하게 알 듯싶었다. "오늘 같은 어떤 날이었는데…….

   ……하지만 더 불쌍한 곳이기도 했지. 딱히 자랑할 만한 나무도 없고, 밀밭에는 허수아비처럼 외로운 집 한 채뿐. 뭐 불평하는 건 아니야. 엄마랑 아빠도 있었고, 언니 제럴딘도 있었으니까. 게다가 우리도 잘살았거든. 애완동물도 많고, 피아노도 한 대 있었어. 우리 모두 목소리가 참 좋았지. 쉽지는 않았지. 힘든 일이 그렇게 많은데 일을 할 남자는 한 명밖에 없었으니까. 그것 말고도 아빠는 몸이 아팠어. 일손을 구하기가 쉽진 않았는데. 아무도 거기 오랫동안 있으려고 하지 않았거든. 그런 무리 중에 늙은이가 한 명 있었는데, 술에 취해서 집에 불을 지르려 한 적도 있지. 제럴딘 언니가 열여섯이 되던 때였어. 나보다 한 살 많았고 얼굴이 예뻤는데. 그땐 우리 둘 다 그랬어. 그때 언니는 아빠와 함께 이 집을 지킬 사람이랑 결혼하겠다는 생각을 했어. 하지만 거긴 우리가 고를 만한 사람이 별로 많지 않았어. 엄마는 우리를 학교에 보내줬는데, 학교가 있는 가장 가까운 마을은 16킬로미터나 떨어져 있었지. 거긴 유프라이라고, 어떤 가족 이름을 따서 지어진 마을이었어. 마을의 구호는 유프라이에서는 절대 프라이 될 일 없다는 거였어. 산에 있는 마을이라 잘사는 사람들이 거기 왔거든. 그래서 여름이면 제럴딘 언니가 유프라이에 있는 룩아웃 호텔에서 웨이트리스로 일했던

생각이 난다. 나는 토요일이면 차를 얻어 타고 가서 언니와 함께 밤을 보냈지. 우리 중 어느 쪽이라도 집에서 떨어져 살아본건 그게 처음이었어. 제럴딘 언니는 딱히 좋아하지 않는 듯했어, 도시 생활을. 하지만 나는 토요일을 손꼽아 기다렸지. 매번 토요일이 크리스마스와 생일을 합쳐놓은 것 같았거든. 무도회장도 하나 있었는데, 입장료가 1센트도 안 됐어. 음악은 공짜고 색깔 전구가 달려 있었지. 난 제럴딘 언니가 일하는 걸 도왔어. 될 수 있는 한 빨리 춤추러 가고 싶어서. 우리는 손을 잡고 거리를 달려갔어. 숨을 고르기도 전에 춤을 시작하곤 했단다. 파트너를 기다릴 필요가 없었어. 여자애 한 명마다 남자가 다섯은 있었고 어쨌든 우리는 거기서 제일 예쁜 애들이었으니까. 난 딱히 남자에 미친 것은 아니었고, 내가 미친 건 춤이었지. 이따금 모든 이들이 멈추고 내가 왈츠를 추는 모습을 바라보았어. 나는 파트너를 찬찬히 볼 겨를도 없었단다. 하도 휙휙 바뀌어서. 남자애들은 나를 호텔까지 따라와서 우리 창문 아래서 소리를 질렀지. 나와! 나와! 그러면서 노래를 불렀어. 얼마나 멍청했는지. 제럴딘이 하마터면 잘릴 뻔했지 뭐야. 뭐, 우리는 밤새 뜬눈으로 누워서 실용적인 생각을 했어. 딱히 낭만적인 사람이 아니었어, 우리 언니는. 언니가 걱정하는 건 우리를 쫓아다니는 남자 중에서 누가 집의 일을 해결해줄까 하는 거였지. 언니가 결정한 사람은 댄 레이니였어. 그 사람은 다른 애들보다 나이가 많았어. 스물다섯이었거든. 어른 남자였지. 잘생긴 얼굴은 아니었어. 돌출형 귀에 주근깨가 있고. 턱은 별로 잘생기지 않았지. 하지만 댄 레이니는, 아 그 사람은 자기 나름의 꾸준한 방식으로 똑똑했고 못도 맨손으로 뽑을 만큼 튼튼했단다. 여름이 끝날 무렵, 댄은 우리 집에 와서 밀 수확을 도왔어. 아빠는 처음부터 그 사람을 좋아했고, 엄마는 제럴딘 언니가 너무 어리다고 말했지만 말리겠다고 야단법석을 떨진 않았지. 나는 결혼식에서 엉엉 울었어. 이제 무도회장에서 보내는 밤도 끝이겠구나 싶고, 언니와 나는 이제 다시는 같은 침대에서 편안히 누워 자지는 못하겠구나 싶어서였지. 하지만 댄 레이니가 물려받자마자, 모든 게 제대로 된 듯 보였어. 댄은 우리 땅에서 제일 좋은 수확을 거두었고 어쩌면 우리에게서도 제일 좋은 점을 끌어냈는지도 모르겠어. 그렇지만 겨울이 와서, 우리가 불 주변에 모여 앉았을 때는 상황이 달랐지. 나는 가끔은 열 때문에, 가끔은 다른 것 때문에 기절할 것만 같았어. 나는 드레스만 입고 뜰에 서 있곤 했어. 추위의 일부가 되어버려서 추위도 느끼지 못하는 듯싶더라. 나는 눈을 감고 빙글빙글 왈츠를 추었어. 어느 날 밤, 나는 그가 슬금슬금 다가오는 소리를 듣지 못했단다. 댄 레이니가 나를 품에 안고 장난으로 춤을 추었어. 다만 그건 장난이 아니었지. 그는 내게 다른 마음을 품고 있었던 거야. 머릿속을 되짚어보면 나는 처음부터 알고 있었어. 하지만 댄은 말하지 않았고, 나도 그에게 묻지 않았지. 제럴딘이 아기만 잃지 않았다면 아무 일도 일어나지 않았을 거야. 이듬해 봄이었지. 끔찍이 뱀을 싫어했어, 제럴딘은. 그래서 뱀을 보고 아기를 놓친 거야. 달걀을 모으고 있는 중이었는데, 그냥 조그맣고 독도 없는 뱀이었지. 그래도 언니는 죽을 만큼 식겁해서 벌써 네 달이나 된 아이를 유산하고 말았어. 언니가 어쩌다 그렇게 되었는진 모르겠어. 갑자기 언짢다고 심술을 부리고 무엇이든 화를 내고 대드는 지경까지 되어버렸지. 댄 레이니는 최악의 선택을 했어. 될 수 있는 한 언니를 피하기 시작한 거야. 담요로 돌돌 말고 자거나 밀밭에서 자거나. 나는 거기 남아 있으면 어떻게 될지 알았어. 그래서 유프라이에 가서 호텔에서 제럴딘이 하던 일자리를 얻었지. 무도회는 그 전해 여름과 똑같았어. 나는 한층 더 예뻐졌고. 누가 내게 오렌지에이드를 사주냐를 두고 한 남자애가 다른 애를 죽일 뻔한 일도 있었지. 나도 즐기지 않았다고 말할 수는 없지만, 내마음은 다른 데 있었어. 호텔에서 사람들이 나보고 정신을 어디 두고 다니느냐고 했지. 항상 설탕 그릇에 소금을 채우고, 손님들에게 고기를 자르라고 숟가락을 주고. 나는 여름 내내 집에 가지 않았어. 때가 되자—이런 날이었지, 영원처럼 푸른 가을날—나는 식구들에게 간다고 알리지 않고 역마차에서 내려서 밀짚 더미 사이를 5킬로미터나 걸어갔지. 그러다 마침내 댄 레이니를 만났어. 그는 아무 말도 하지 않고 그저 주저앉아 아이처럼 울었지. 나는 그에게 미안했고 말로 할 수 있는 것 이상으로 그를 사랑했어."

아이다 자매의 담배가 꺼졌다. 그녀는 이야기의 흐름을 놓친 듯 보였다. 설상가상으로 그냥 끝내버리는 것이 좋겠다고 생각한 모양이었다. 영화 스크린이 뜻밖에 꺼졌을 때 시끄러운 관객들이 그러듯이 나는 발을 구르고 휘파람을 불고 싶었다. 라일리도 대놓고 티를 내지는 않았지만 궁금해서 좀이 쑤신 듯했다. 그는 성냥을 그어 담배에 불을 붙여주었다. 그 소리에 화들짝 놀란 아이다는 목소리를 다시 찾았으나, 그 틈 사이에 저 앞까지 나가버린 듯했다.

"그래서 아빠는 그 자식을 총으로 쏴 죽이겠다고 맹세했어. 제럴딘은 백 번이나 누구였는지 말하라고, 댄이 총을 들고 그 사람을 쫓아갈 거라고 했어. 나는 너무 웃어서 결국엔 울어버렸지. 가끔은 반대로 울다가 웃기도 하고. 난 음 전혀 모르겠어, 라고 대답했어. 유프라이에 남자애가 대여섯 있었으니까 걔네 중 하나겠지. 내가 어떻게 알겠어? 내가 그런 말을 하자, 엄마가 내 따귀를 갈겼지. 하지만 다들 내 말을 믿었어. 심지어 얼마 후에는 댄 레이니조차 믿었던 것 같아. 어쨌든 믿고 싶었겠지. 불쌍하고 불행한 사람. 그 몇 달 동안, 집 밖으로는 나간 적도 없었어. 그러던 가운데 아빠가 돌아가셨지. 식구들은 내가 장례식에도 못 가게 했어. 다른 사람들이 볼까 봐 너무 부끄러웠던 거야. 바로 이날 일이었어. 다들 장례식에 가고 나만 홀로 집에 있는데, 모래 바람이 코끼리처럼 거칠게 불어오더니 나는 주님을 영접했단다. 결코 내가 선택된 자가 될 만한 자격이 있었던 건 아니야. 그때까지는 나한테 성경 구절을 읽히려면 엄마가 갖은 수를 써서 구슬려야 했으니까. 그 후에 나는 세 달도 안 되는 기간 동안 천 구절도 넘게 외웠어. 그러니까 그날 피아노로 곡을 연습하고 있는데, 갑자기 창문이 깨지고 온 방이 확 거꾸로 뒤집혔다가 다시 떨어졌지. 누군가 내 곁에 있었어. 아마도 아빠의 영혼이었던 것 같아. 하지만 바람이 봄날처럼 평화롭게 잦아들더니 주님이 나타나신 거야. 주님이 나를 빚으신 대로 나는 똑바로 서서 두 팔을 벌리고 주님을 맞았어. 26년 전, 2월 3일의 일이었지. 나는 열여섯 살이었고. 지금은 마흔두 살이야. 그래도 그동안 전혀 흔들리지 않았지. 내가 아이를 낳았을 때, 나는 제럴딘이나 댄 레이니, 아무도 부르지 않았어. 그저 자리에 누워서 성경 구절을 하나씩 읊었지. 대니가 태어난 후에도 아이가 우는 소리가 날 때까지는 아무도 몰랐어. 개한테 그 이름을 붙인 건 제럴딘이었어. 제럴딘 애라고 모두들 생각했어. 그 동네 사람들이 다 말을 타고 제럴딘의 새 아이를 보러 왔지. 어떤 사람들은 선물을 가져오고, 남자들은 댄 레이니의 등을 툭툭 치면서 아들이 장군감이라고 말했어. 곧 나는 움직일 수 있게 되자 스톤빌까지 50킬로미터를 걸어갔어. 거긴 유프라이의 두 배 정도 되는 마을이었고 커다란 채굴장이 있었거든. 다른 여자애랑 나는 세탁소를 차렸고 광산촌은 주로 독신 남성뿐이라 장사는 무척 잘됐어. 두 달에 한 번 나는 대니를 보러 집에 갔지. 그렇게 7년을 왕래했어. 내가 느낀 기쁨이라고는 그뿐이었지. 매번 갈 때마다 내 마음이 찢어졌던 걸 생각하면 이상한 기쁨이기도 했어. 정말 예쁜 아이였지. 달리 표현할 길이 없어. 하지만 제럴 딘 언니는 내가 그 애를 만지기만 해도 죽으려고 했어. 내가 그 아이에게 입이라도 맞추면 언니는 펄쩍펄쩍 뛰었어. 댄 레이니 도 별다르지 않았지. 그는 내가 일을 가만히 덮어두지 않을까 봐 무척 두려워했어. 마지막으로 집에 갔을 때 나는 그에게 유 프라이로 만나러 와달라고 부탁했지. 정말 미쳤지만 한참 동안 나는 그런 생각을 하고 있었거든. 내가 만약 되살릴 수 있다면, 대니의 쌍둥이가 될 아이를 하나 낳을 수 있다면. 하지만 똑같 은 아버지여야 한다는 내 생각은 잘못된 거였어. 그랬다면 죽은 아이, 사산아로 태어났을 거야. 난 댄 레이니를 바라보았어. (아 주 추운 날이었지. 우리는 텅 빈 무도회장에 앉아 있었어. 그가 손을 주머니에서 꺼내지 않았다는 것도 기억해.) 나는 어째서 그에게 와달라고 했는지도 말하지 않고 그를 보냈어. 그다음에 는 몇 년 동안 그와 닮은 사람을 찾아다니며 보냈지. 스톤빌에 있는 광부 중에 한 명 있었어. 똑같이 주근깨가 있고, 눈이 노 란 사람이었어. 마음이 좋은 사람이라 그가 내게 샘을 주었지.

내 큰아들. 기억을 한껏 되살려보면 베스의 아버지는 댄 레이니를 꼭 닮은 사람이었어. 하지만 여자였기 때문에 베스는 대니보다 닮지는 않았지. 그러고 보니 세탁소의 내 몫을 팔고 텍사스로 갔다는 얘기를 까먹었구나. 거기서 애머릴로와 댈러스에서 식당 일을 했어. 하지만 허니 씨를 만났을 때야 나는 비로소 어째서 주님이 나를 선택하셨는지, 내 소명이 뭔지 알게 되었지. 허니 씨는 진실한 말씀을 소유한 사람이었거든. 그 사람 설교를 처음으로 듣고 난 후 그를 만나러 갔지. 20분 동안 아무 말 없다가 그가 말했어. 당신이 벌써 결혼하지 않았다면 난 당신이랑 결혼할 거요. 나는 대답했지. 아니, 아, 결혼은 하지 않았지만 가족이 있어요. 사실, 그때는 아이가 다섯이었어. 그런데도 그는 전혀 기세가 죽지 않더라고. 우리는 일주일 후 밸런타인데이 때 결혼했어. 그는 젊은 사람도 아니었고 댄 레이니와는 눈곱만큼도 닮지 않았지. 부츠를 벗으면 내 어깨까지밖에 오지 않았어. 하지만 주님이 우리를 함께 묶어놓은 건 다 주님이 미리 뜻하신 거야. 우리 사이에는 로이, 필과 케이트, 클레오와 리틀 호머가 생겼어. 대부분이 저기 너희들이 보는 왜건에서 태어났지. 우리는 주님의 말씀을 이전에는 한 번도 들어본 적 없는 사람들에게 전하며 방방곡곡을 여행했어. 주님의 말씀을 들어본 적이 있다고 해도 내 남편처럼 하는 건 못 들어봤을 사람들에게. 이제 슬픈 얘기를 해야겠다. 난 허니 씨를 잃었어. 어느 날 아침,

루이지애나의 이상한 동네, 케이준 지역에서 그는 식료품을 사온다고 길을 나섰지. 우린 그 사람 모습을 다시 볼 수가 없었어. 그저 허공으로 휙 사라져버린 거야. 경찰이 한 말은 하나도 믿지 않아. 그는 가족을 버리고 도망칠 사람이 아니에요. 아뇨, 경찰관님, 이건 분명히 사건이 일어난 거예요."

"아니면 기억상실증이겠죠." 나는 말했다. "거기 걸리면 다 잊어버리잖아요, 이름까지도."

"혀끝에 성경 전체를 외우고 다니는 사람이야. 그런 사람이 자기 이름을 잊어버릴 것 같니? 케이준 사람 중 누군가 남편의 자수정 반지 때문에 남편을 살해한 거야. 당연히 그 이후로도 나는 남자들을 알았지. 하지만 사랑은 아니었어. 릴리 아이다, 로렐, 다른 애들이 그렇게 생겼지. 어쨌든 나는 심장 아래 다른 생명이 발길질하지 않으면 살 수 없는 것 같아. 그렇지 않으면 너무 께느른하게 느껴지는 거야."

몇몇 아이들이 뒤집어 입기는 했지만 아이들이 다들 옷을 입은 후에, 우리는 나무로 돌아갔다. 큰 딸들은 불 위에 몸을 숙이고 머리를 말려 빗었다. 우리가 없는 동안 돌리가 아이를 돌보았다. 돌리는 아이를 돌려주고 싶지 않은 듯했다. "우리도 아이가 하나 있었더라면 좋았을걸. 베레나나 캐서린이나." 아이다 자매는 대꾸했다. 그래요, 아이는 즐겁고 또한 만족을 주죠. 우리는 마침내 불 주위에 둥글게 둘러앉았다. 스튜는 너무 뜨거워서 맛을 느낄 수 없었다. 아마도 요리가 완벽한 성공이었던 이유를 그렇게 설명할 수 있을 것 같다. 컵이 세 개밖에 없었기 때문에 판사는 차례로 떠주면서 명랑하게 잔뜩 허세를 부리며 헛소리를 해댔고 아이들은 신이 나 했다. 텍사코 가솔린은 자기가 실수를 했다고 결론을 지었다. 라일리가 아닌, 판사가 자기 아빠였다고. 그러자 판사는 상으로 소녀에게 달나라 여행을 시켜주었다. 즉 머리 위로 높이 올려 휙 돌려준 것이었다. "어떤 새 떼는 남쪽으로 날아가네. 어떤 새 떼는 서쪽으로 날아가네. 너는 다른 이를 따라 날아갈 거야. 저 멀리! 야호!" 아이다 자매는, 당신 무척 힘이 세군요, 라고 말했다. 물론 판사는 그 말을 곧이곧대로 듣고 자기 근육을 만져보라고 했다. 15초마다 판사는 돌리가 자기를 감탄하며 쳐다보고 있나 힐끔힐끔 확인했다. 돌리는 진짜로 감탄하고 있었다.

기다란 창 같은 마지막 햇살 사이로 숲비둘기가 구구 우는 소리가 잦아들었다. 무지개가 우리 사이로 녹아든 듯 서늘한 녹색, 초록빛이 공기 중에 스며들었다. 돌리가 몸을 떨었다. "폭풍우가 가까이 와 있네. 하루 종일 그런 느낌이 들었는데." 나는 라일리를 의기양양하게 쳐다보았다. 내가 뭐라고 했어?

"게다가 날도 늦었네요." 아이다 자매가 말했다. "벅, 호머, 너희 남자아이들은 왜건으로 가보렴. 누가 와서 마음대로 손댈지 모르는 일이니까." 아이다는 아이들이 어둑해지는 길 위로 사라지는 모습을 보며 덧붙였다. "그렇다고 가져갈 게 많다는 뜻은 아니지만. 내 재봉틀 말고는 별것도 없어요. 그래서요, 돌리? 혹시 어떻게……."

"우린 의논을 해보았어요." 돌리는 확인을 구하듯 판사에게로 몸을 돌렸다.

"법원에 가면 당신이 이길 거요. 그건 의문의 여지가 없지." 판사는 아주 전문적으로 말했다. "법이 올바른 쪽에 선다면 말이지만. 하지만 현 상태로는……."

돌리가 말했다. "현 상태로는요." 그러면서 아이다 자매의 손에 우리 현금 자산 전부를 구성하는 47달러를 쥐여주었다. 더욱이 판사의 금시계도 주었다. 아이다 자매는 이 선물을 곰곰이 바라보더니 거절해야 한다는 듯 고개를 저었다. "이러면 안 되는데. 하지만 고마워요."

환한 번개가 숲 속으로 굴러 들어왔다. 번개가 지나간 위험하고 조용한 자취 속에서 벅과 리틀 호머가 돌격하는 기병처럼 길 위로 뛰어나왔다. "그들이 오고 있어요! 오고 있어요!" 둘 다 동시에 소리쳤고 리틀 호머는 모자를 뒤로 젖히며 헐떡였다. "우린 계속 뛰어왔어요."

"알아듣게 말 좀 해라, 애들아. 누가 온다는 거니?"

리틀 호머가 침을 삼켰다. "그 사람들요. 보안관이랑. 얼마나 더 있는지는 모르겠어요. 풀숲을 가르고 오고 있어요. 총도 들고요."

천둥이 다시 우르르 울렸다. 바람의 장난에 우리 모닥불이 파르르 휘날렸다.

"이제 괜찮다." 판사가 명령하듯 말했다. "모두들 고개를 들어." 이런 순간을 계획했던 양 판사는 장엄하게 일어섰다. 그 점만은 나도 인정할 수밖에 없다. "여자들과 꼬마들은 나무 오두막으로 올라가요. 라일리, 나머지는 흩어지도록 해. 다른 나무 위로 기어오르되 돌멩이를 들고 가라." 우리 모두가 지시를 따르자, 판사는 홀로 땅에 남았다. 입을 꾹 다문 판사는 침몰하는 배를 버리지 않으려는 선장처럼 어스름이 깔리는 속에 긴장 어린 고요를 지키며 그 자리에 남았다.

6

우리 다섯은 길 위에 늘어진 플라타너스 나무 위에 수탉처럼 앉았다. 리틀 호머와, 양손에 돌멩이를 쥐고 험악한 표정을 지은 소년인 동생 벅이 거기 있었다. 길 건너편, 두 번째 플라타너스 나뭇가지 위에 걸터앉은 우리는 나이 많은 여자아이들에게 둘러싸인 라일리를 볼 수 있었다. 반들반들 깊어지는 빛 속에서 그들의 하얀 얼굴은 등과 촛불처럼 반짝였다. 나는 빗방울을 맞았다고 생각했다. 하지만 뺨을 타고 흘러내린 땀방울이었다. 그래도, 천둥은 멈추었지만 비 냄새 때문에 이파리와 나무 연기 냄새가 더 진해졌다. 무게가 너무 많이 실린 나무 오두막은 불길하게 삐걱거렸다. 내 전망 위치에서도 그 안의 사람들은 한데 뭉쳐 하나의 생물처럼 보였다. 머리 위에 돌리의 모자를 벨벳 왕관처럼 얹고 다리도 여러 개, 눈도 여러 개 달린 거미처럼.

우리 나무에서는 모두가 라일리가 리틀 호머에게 산 것과 같은 유의 양철 호루라기를 꺼내 들었다. 악마도 겁 줘서 쫓아버리기에 좋다고, 아이다 자매가 말했으니까. 그러고 리틀 호머는 거대한 모자를 벗었다. 그 거대한 모자 속에서 꺼낸 것이 아마도 신의 빨랫줄인 듯했다. 두껍고 긴 밧줄. 어쨌든 호머는 그걸로 올가미 덫을 만들었다. 호머는 올가미가 제대로 되었나 확인하며 매듭을 늘리고 조였다. 강철 소형 안경이 심술궂게 반짝여서 나는 슬쩍 물러나 또 다른 가지를 사이에 두고 거리를 벌렸다. 판사는 아래에서 순찰을 돌며, 위에서 움직이지 말라고 속삭이는 소리로 말했다. 습격이 시작되기 전 그의 마지막 명령이었다.

습격자들은 슬금슬금 오는 흉내도 내지 않았다. 사탕나무 칼처럼 덤불을 라이플로 헤치면서, 그들은 으스대며 길을 올라왔다. 아홉, 열둘, 스무 명의 건장한 남자들. 맨 앞은 석양 속에서 보안관 별이 깜박이는 주니우스 캔들이었다. 그 뒤에는 빅 에디 스토버. 실눈을 뜨고 우리 은신처를 찾는 꼴이 꼭 신문 그림 퍼즐을 연상시켰다. 이 나무 그림 속에서 소년 다섯과 부엉이 한 마리를 찾으시오. 그 퍼즐을 풀려면 빅 에디 스토버보다는 더 똑똑한 사람이 필요할 것 같았다. 그는 나를 똑바로 쳐다보았다. 그 눈길이 나를 지나쳤다. 이 무리 중 많은 사람들은 지능으로는 별로 걱정할 필요가 없었다. 소금 한 입과 맥주 한 모금 값이면 이 사람들을 다 살 수 있을 정도로 아무짝에도 쓸모없었다. 하지만 나는 핸드 선생님을 알아보았다. 학교 교장 선생님. 어느 모로 보나 점잖으신 분. 이런 남루한 무리가 부끄러운 심부름을 하는 데 낄 사람이 아니었다. 에이머스 르그랑이 껴 있는 이유는 호기심으로 설명할 수 있었다. 그는 그 자리에서, 처음으로 조용히 입을 다물고 있었다. 놀랄 일도 아니었다. 베레나는, 에이머스가 마치 지팡이라도 되는 양, 엉덩이까지도 오지 않는 머리를 한 손으로 짚고 기대고 있었다. 음침한 버스터 목사가 정중하게 베레나의 다른 팔을 부축했다. 나는 베레나를 보자 엄마가 죽은 이후로 베레나가 우리 집에 나를 데리러 왔을 때부터 익숙했던 공포가 다시 되살아나 온몸이 마비되는 기분이었다. 베레나는 절뚝대는 듯했어도, 평상시대로 키가 크고 권위 있게 움직였다. 베레나는 수행원을 대동하고 우리 플라타너스 나무 아래 멈췄다.

판사는 1센티미터도 움직이지 않았다. 보안관과 발가락을 맞대고 서서 판사는 자기 자리를 지켰다. 마치 다른 사람이 넘어오면 안 되는 선이 그려져 있기라도 한 양.

내가 리틀 호머의 움직임을 눈치챈 것은 바로 이 중차대한 순간이었다. 호머는 차츰 올가미를 내렸다. 올가미는 뱀처럼 슬금슬금 대롱대롱 내려갔고, 거대한 올가미는 마치 입처럼 벌어지더니 전문적인 솜씨로 버스터 목사의 목에 딱 감겼다. 목사는 목이 졸리며 비명을 내질렀지만 호머가 밧줄을 세게 턱 잡아당기자 그 소리조차 막혔다.

그의 친구들은 버스터 영감이 역경에 빠져 얼굴에 핏발이 서고 팔을 막 휘두르는데도, 찬찬히 볼 겨를이 별로 없었다. 리틀 호머의 성공에 힘입어 전면 공격이 시작되었기 때문이었다. 돌멩이가 날아가고 야만적인 새의 울음소리처럼 호루라기가 삑삑 울어대고. 남자들은 이 난장판 속에서 서로 치면서 되는대로 피신했다. 보통은 이미 넘어진 동료의 몸 아래 숨었다. 베레나는 에이머스 르그랑의 귀를 후려쳐야 했다. 그가 치마 아래로 숨어 들려 했기 때문이었다. 베레나만이 유일하게 진짜 사나이답게 행동했다고 할 수 있을 것 같다. 베레나는 나무를 향해 주먹을 흔들면서 우리에게 욕설을 퍼부었다.

소란이 최고조에 이른 순간, 총소리가 철문처럼 꽝 울렸다. 그 소리에 우리 모두 잠잠해졌다. 끝없이 무겁게 울리는 메아리. 하지만 그 뒤에 잇따른 고요 속에서 육중한 물체가 반대편 플라타너스 사이로 떨어지는 소리가 들렸다.

떨어진 것은 라일리였다. 떨어지고 계속 떨어지고. 천천히, 죽은 고양이처럼 편안하게. 그가 부딪친 나뭇가지가 부러지자 여자애들은 눈을 가리고 비명을 질렀다. 그는 뜯긴 이파리처럼 허공에 떠돌다 피투성이 덩어리가 되어 땅에 쿵 부딪쳤다. 아무도 그에게 다가가지 않았다.

마침내 판사가 입을 열었다. "세상에, 애야." 그는 멍한 상태에서 무릎을 꿇고 라일리의 힘없이 늘어진 손을 어루만졌다. "주님, 자비를. 자비를 보여주세요. 애야. 대답하거라." 다른 남자들도 쭈뼛쭈뼛 겁먹은 표정으로 모여들었다. 어떤 이들은 충고를 했지만 판사는 알아듣지 못하는 것 같았다. 하나하나, 우리는 나무에서 내려왔고 아이들은 입 모아 속삭였다. 죽었어? 죽었어? 그 소리는 마치 신음소리, 바다 나팔이 조용히 울리는 소리 같았다. 남자들은 예를 갖추려 모자를 들어 올리며 돌리가 다가오도록 길을 터주었다. 돌리는 너무 넋이 나가서 남자들도, 베레나도 알아보지 못했다. 돌리는 동생을 쳐다보지도 않고 지나쳤다.

"난 알아야겠는데." 베레나가 따지는 어조로 말했다. "……대체 당신 바보들 중 누가 총을 쏜 거지?"

남자들은 슬금슬금 서로를 기웃거렸다. 너무 많은 이들의 시선이 빅 에디 스토버에게 쏠렸다. 빅 에디의 아래턱이 바르르 떨렸고, 그는 입술을 핥았다. "제길, 누구도 쏠 생각은 없었다고. 내 임무를 다한 것뿐이지."

"임무는 무슨." 베레나가 엄하게 대답했다. "자네에게 책임을 묻겠어, 스토버 씨."

이 말에 돌리가 돌아보았다. 베일 너머로 흐릿하게 보이는 돌리의 눈은 다른 모두는 빼고 베레나만 담은 듯했다. "책임이라고? 책임질 사람은 없어. 우리 자신을 빼면."

아이다 자매가 라일리 옆에 있던 판사와 자리를 바꿨다. 아이다는 그의 셔츠를 찢어 벗겨냈다. "행운의 별에 감사해요, 어깨만 맞았으니까." 아이다가 말하자 안도의 한숨이 퍼졌다. 빅 에디의 한숨만 해도 하늘에 연을 띄울 정도였다. "하지만 정신을 완전히 잃었어요. 여기 남자들 몇 분이 애를 의사에게 데려가는 편이 좋겠네요." 아이다는 셔츠에서 찢어낸 천을 붕대 삼아 지혈했다. 보안관과 부보안관 세 명은 팔을 얽어 라일리를 나를 들것을 만들었다. 하지만 그렇게 옮겨야 할 사람은 라일리뿐이 아니었다. 버스터 목사도 또한 상당한 고통을 겪고 있었다. 인형처럼 팔다리가 늘어지고 기운이 하나도 없어서 올가미가 아직도 목에 걸려 있다는 사실조차 몰랐다. 그는 몇몇의 도움을 받아 일어서서 길을 떠났다. 리틀 호머가 그 뒤를 쫓았다. "어이, 내 밧줄 돌려줘요!"

에이머스 르그랑은 베레나와 같이 가려고 기다렸다. 베레나는 자기를 놔두고 가라고 했다. 자기도 갈 마음이 없다고, 돌리가 안 가면……. 베레나는 망설이더니 우리 나머지, 특히 아이다 자매를 둘러보며 말했다. "내 언니하고 단둘이 얘기하고 싶은데."

아이다 자매는 한 손을 저어 베레나를 무시하며 말했다. "신경 쓰지 마요, 부인. 우린 우리 길을 갈 테니까." 아이다는 돌리를 안아주었다. "우리를 축복해주세요, 우린 아주머니를 사랑하니까요. 그렇지 않니, 얘들아?" 리틀 호머가 대답했다. "우리랑 같이 가요, 돌리. 아주 재미있게 지낼 수 있을 거예요. 제 반짝이 허리띠도 드릴게요." 텍사코 가솔린은 판사에게 몸을 던지며 같이 가자고 애원했다. 나를 원하는 사람은 아무도 없었다.

"너희들이 같이 가자고 했다는 걸 언제까지나 기억할게." 돌리는 아이들의 얼굴을 외우려는 듯 눈으로 서둘러 훑었다. "행운을 빌어. 잘 가라. 이제 뛰어가렴." 돌리는 새로이 더 가까운 곳에서 천둥이 치자 목소리를 높였다. "뛰어, 비가 온다."

얇은 거즈 커튼처럼 간질거리는 깃털비가 곱게 내렸다. 그들, 아이다 자매와 그 가족들의 모습이 비의 주름 속으로 옅어져갈 때, 베레나가 말했다. "언니가 저…… 여자와 공모를 했다고 하는데 맞아? 저 여자가 우리 이름을 비웃음거리로 삼았는데도?"

"내가 누구랑 공모하든 네가 그 문제로 비난할 처지는 아닌 것 같은데." 돌리가 차분하게 말했다. "특히 저런 악당들과 함께라면 말이지." 하지만 이때는 약간 자제심을 잃었다. "아이들에게서 돈을 훔치고 늙은 여자를 감옥으로 끌고 가는 자들과 공모하다니. 그런 방법을 인정하는 이름은 별로 소중하게 여길 수 없어. 그거야말로 비웃음거리지."

베레나는 움쩍도 하지 않고 이 말을 받아들였다. "언니 이제 완전히 딴사람이 됐네." 베레나는 마치 진료 소견을 내듯 말했다.

"너야말로 다시 보는 게 좋을 거야. 나는 나 자신이니까." 돌리는 자세히 살펴보라는 듯 자세를 취했다. 돌리는 베레나만큼 키가 크고 자신감에 넘쳤다. 어떤 면도 불완전하거나 흐릿하지 않았다. "난 너의 충고를 줄곧 따랐어. 고개 숙이지 말라고 했지. 그러면 네 머리가 어지럽다고. 그게 얼마 되지도 않은 며칠 전이야." 돌리는 말을 이었다. "너는 내가 부끄럽다고 했지. 물론 캐서린도. 그렇게 우리 삶의 많은 부분을 널 위해 바치며 살았는데. 그게 얼마나 낭비였는지 깨달았더니 가슴 아팠지. 너는 그런 기분이 뭔지 알 수 있겠어? 낭비한 기분이라는 게?"

베레나는 들릴 듯 말 듯한 소리로 말했다. "잘 알아." 베레나의 눈이 엇갈리며 사시안이 마음속 돌처럼 황량한 풍경을 들여다보는 듯했다. 내가 다락방에서 엿보았던 표정이었다. 늦은 밤 모디 로라 머피의 사진, 모디 로라가 남편과 아이들과 함께 찍은 코닥 사진을 들여다볼 때 짓던 표정. 베레나는 비틀거리더니 한 손을 내 어깨에 얹었다. 그렇지 않았으면 쓰러져버렸을 것이다.

"그 상처를 안고 내 죽는 날까지 갈 거라고 생각했어. 하지만 그러지 않을 거야. 하지만 나도 네가 부끄럽다고 말한들 전혀 만족스럽지는 않구나, 베레나."

이제 밤이 되었다. 개구리, 찌르르 울어대는 벌레들이 느릿하게 떨어지는 비를 축하했다. 우리는 습기가 얼굴의 빛을 꺼뜨린 듯 침침해졌다. 베레나는 축 늘어져 내게 기댔다. "몸이 좋지 않아." 베레나는 해골 같은 목소리로 말했다. "난 아픈 여자야. 정말 아파, 돌리."

돌리는 뭔가 자신 없는 태도로 베레나에게 다가갔다가, 이내 동생에게 손을 댔다. 손가락으로 진실을 감각할 수 있다는 듯. 돌리가 말했다. "콜린, 판사님, 베레나를 나무 위로 데려가게 도와줘요." 베레나는 나무에 올라갈 수 없다며 저항했다. 하지만 일단 익숙해지자 쉽게 올라갔다. 뗏목 같은 나무 오두막은 뿌옇게 수증기 핀 물 위를 떠가는 듯했다. 하지만 양산처럼 겹겹이 쌓인 이파리 틈을 깃털비가 뚫고 들어오지 못해 오두막 안은 보송했다. 우리는 침묵의 급류를 떠갔다. 마침내 베레나가 입을 열 때까지. "할 말이 있어, 돌리. 우리끼리만 있으면 더 쉽게 말할 것 같아."

판사가 팔짱을 꼈다. "나는 참아줘야 할 것만 같소, 베레나 양." 판사의 목소리는 결연했지만 싸움을 거는 투는 아니었다. "나는 당신이 할 말의 결과에 관심이 있소이다."

"그럴까 모르겠네. 왜 그렇다는 거죠?" 베레나는 거만한 태도를 어느 정도 다시 회복했다.

판사는 양초 동강이에 불을 붙였다. 우리 위로 갑작스레 그림자가 솟아 네 명의 엿듣는 사람이 되었다. "난 어둠 속에서 말하는 것을 좋아하지 않아요." 그는 말했다. 자부심 있는 꼿꼿한 자세에는 목적의식이 있었다. 베레나에게 지금 상대는 남자라는 사실을 알려주려는 것 같았다. 베레나의 경험상, 이런 사실을 믿게 해준 남자는 거의 없었다. 베레나는 용서할 수 있었다. "기억 안 나요, 찰리 쿨? 50년 전, 아마도 그 전인지도 모르겠네. 당신네 남자애들 몇이 우리 집으로 블랙베리 서리를 하러 왔었죠. 우리 아버지가 당신 사촌 세스를 잡았잖아요. 나는 당신을 잡고. 당신 그날 꽤 호되게 얻어맞았지."

판사는 똑똑히 기억했다. 그는 얼굴을 붉히고 미소를 지었다. "공정하게 싸우지 않았잖소, 베레나."

"난 공정하게 싸웠어요." 베레나는 건조하게 말했다. "하지만 당신 말이 맞아요. 우리 둘 다 좋아하지 않으니까, 어둠 속에서 이야기하지 않기로 하죠. 솔직히, 찰리. 당신은 내게 그다지 기꺼운 모습이 아니야. 당신이 그렇게 부추기지 않았더라면 내 언니가 그런 허튼짓을 겪을 리가 없었겠지. 그러니 우리를 떠나주면 고맙겠군요. 이제 더 이상은 판사님 일이 아니니까."

"하지만 판사님 일이야." 돌리가 말했다. "왜냐하면 쿨 판사는, 찰리는……." 돌리의 목소리가 기어들어갔다. 처음으로 돌리는 자신의 대담함에 질문을 던지는 듯 보였다.

"돌리는 내가 청혼했다고 말하려는 거요."

"그건." 긴장감이 도는 몇 초가 흐른 후 베레나는 간신히 말을 열었다. "참." 장갑 낀 두 손을 빤히 바라보았다. "놀랍네요.

무척. 두 사람 중 누구 하나라도 그런 대단한 상상력이 있는지 몰랐어요. 아니면 상상하는 건 내 쪽인가? 천둥 치는 밤에 축축한 나무 위에 있는 꿈을 꾸고 있을 가능성이 높겠네. 내가 꿈을 절대 꾸지 않는다는 것만 빼면. 아니면 그저 잊어버리는지도 모르지. 이건 우리 모두 잊어버리라고 하고 싶은 꿈인데."

"나도 인정할 거요. 이건 꿈이라고 생각하오, 베레나. 하지만 꿈을 꾸지 않는 사람은 땀을 흘리지 않는 사람과 같지. 많은 독소를 자기 안에 가둬두고 있는 거요."

베레나는 판사를 무시했다. 돌리에게만 주의를 집중했고, 돌리도 동생에게 주의를 쏟았다. 두 사람은 단둘이 있는 것인지도 몰랐다. 황량한 방의 양끝에 있는 두 사람. 별스러운 수화와 미묘한 눈 깜박임으로만 말없이 소통하는 사람들. 그때 돌리가 대답을 주었다. 그 답변에 베레나의 얼굴에서 낯빛이 다 빠져나갔다. "알겠다. 언니는 그를 받아들였군, 그런 거야?"

빗발이 더 굵어져 물고기가 공기 사이에서 헤엄칠 수 있을 정도였다. 피아노 음의 낮아지는 음계처럼, 비는 가장 으스스한 화음을 쳤고 둥둥 소리를 내며 쏟아지기 시작했다. 위협적이긴 했어도 우리에게 곧장 떨어지진 않았다. 물방울이 나뭇잎 사이로 뚝뚝 새어들었지만, 나무 오두막은 비에 젖은 식물의 마른 씨앗처럼 그대로였다. 판사는 불씨를 지키려고 한 손으로 촛불을 가렸다. 그는 베레나만큼 초조하게 돌리의 대답을 기다렸다.

나의 조바심도 그들에 맞먹었지만, 나는 그 장면에서 추방당한 기분이 들었다. 다시 다락방에서 엿보는 기분이었다. 기이하게도 나는 어느 편에도 공감하지 않았다. 아니, 양쪽 다 공감한다는 게 더 맞을 것이다. 세 사람을 향한 다정한 마음이 빗방울처럼 한데 흘러 갈라놓을 수가 없었고, 이 마음은 커져가 인간답게 하나로 조화를 이루었다.

돌리 또한 판사와 베레나를 떼어놓을 수가 없었다. 마침내, 돌리는 괴로워하며 말했다. "그럴 수 없어." 돌리는 이루 헤아릴 수 없는 엄청난 실패를 내포한 소리로 외쳤다. "난 뭐가 옳은 행동인지 알 것 같다고 말했어. 하지만 그렇게 되지는 않았어. 모르겠네. 다른 사람들은 알까? 선택이라고 나는 생각했어. 나 자신의 결정만으로 이루어진 삶을 산다는 것이……."

"하지만 우리 이제 살 만큼 살았잖아." 베레나가 말했다. "언니의 삶은 결코 멸시할 만한 것이 아니었어. 난 언니가 가진 것 이상으로 요구했다고는 생각 안 해. 난 항상 언니를 부러워했어. 집으로 가자, 돌리. 결정은 내게 맡겨. 언니도 알겠지만 그게 내 인생이었잖아."

"정말일까요, 찰리?" 돌리는 별똥별은 어디로 떨어지나요, 라고 묻는 어린아이처럼 물었다. "우리 이제 살 만큼 살았던 걸까요?"

"우리는 아직 죽지 않았잖소." 판사가 대답했다. 질문한 아이에게 별들은 우주로 떨어진단다, 라고 대답해주는 듯했다. 반박할 수는 없지만, 여전히 만족스럽지는 못한 답이었다. 돌리는 그 답을 받아들일 수 없었다. "꼭 죽어야 아는 건 아니에요. 집에, 부엌에는 계속 꽃이 피고 또 피는 제라늄 화분이 하나 있어요. 하지만 어떤 식물들은 일단 핀다고 해도 딱 한 번일 뿐이고, 더 이상은 일어나지 않았죠. 그 꽃들도 아직 살아 있어요. 하지만 살 만큼 살았던 거죠."

"당신은 아니오." 판사는 자기 얼굴을 돌리의 얼굴에 가까이 가져다 댔다. 두 사람의 입술이 맞닿으려고 하려는 듯이. 하지만 감히 엄두가 나지 않는 듯 곧 용기가 꺾였다. 비가 나뭇가지 사이에 굴을 뚫으며 제대로 흠뻑 떨어졌다. 개울 같은 비 때문에 돌리의 모자에서 모락모락 연기가 났고 베일이 뺨에 달라붙었다. 퍼덕이는 소리와 함께 촛불이 꺼져버렸다. "나도 아니고."

연이은 번개가 불꽃 혈관처럼 쿵쿵 뛰었고, 번개 후 남은 섬광에 비친 베레나는 내가 아는 사람이 아니었다. 슬픔에 젖고 소용을 다해 쓸모가 없어진 어떤 여자가 나타났다. 아까보다 더 몰린 두 눈의 시선은 마음속 영역, 기울어진 나라에 가 닿았다. 번개가 약해지고, 비가 다양한 소리로 우리를 감싸자 베레나는 입을 열었다. 베레나의 목소리는 아주 먼 곳에서 들려오듯 무척 약했다. 남이 들으리라고는 기대하지 않는다는 투였다. "언니를 부러워했어, 돌리. 언니의 분홍 방을. 난 그런 방의 문을 두

드리기만 했을 뿐이지. 그것도 자주는 아니었어. 거기엔 언니 말고 나를 들여보내줄 사람이 없다는 것을 잘 알고 있었거든. 키 작은 모리스, 그 작은 남자를, 맹세코 나는 그를 사랑했어. 정말이었어. 여자로서 사랑한 건 아니었지. 아, 인정하지, 우리는 동족 영혼이었던 거야. 우리는 서로의 눈을 들여다보았어. 같은 악마를 보았고 두렵지가 않았어. 그건…… 유쾌했지. 하지만 모리스가 나보다 똑똑했어. 그 사람이 그럴지도 모른다는 건 알았지만, 아니기를 바랐지. 하지만 그는 저질러버리고 말았어, 그리고 지금. 홀로 보내기엔 너무 긴 시간이야. 인생은. 나는 집 안을 걸어 다녀. 내 것은 하나도 없지. 언니의 분홍 방, 언니의 부엌. 그 집은 언니 거야. 캐서린의 것이기도 하겠지. 다만 나를 떠나지 마. 내가 같이 살게 해줘. 난 늙어가는 기분이야. 난 언니가 필요해."

비가 베레나의 목소리에 자기 목소리를 더하면서 그들, 돌리와 판사 사이에 끼어들었다. 거기 투명한 벽이 하나 있어서 판사는 돌리가 자신을 잃어가는 모습을 볼 수 있었다. 이전에 돌리가 내게서 물러가는 듯했던 것처럼 판사 앞에서 물러섰다. 그보다 더 심각하게도 나무 오두막이 무너지는 듯했다. 돌풍이 축축이 젖어버린 우리 루크 카드와 포장지를 뒤집었다. 동물 크래커가 부서졌고 빗물이 가득 찬 유리 단지가 분수처럼 넘쳐흘렀다. 캐서린의 아름다운 퀼트 이불은 엉망진창으로 망가져 물웅

덩이가 되었다. 그렇게 사라지고 있었다. 홍수에 강에 떠내려가며 명을 다한 집들처럼. 판사는 거기 갇혀서 우리 생존자들이 강가에 서 있을 때 우리에게 손을 흔드는 것 같았다. 돌리가 이렇게 말한 탓이었다. "용서해요. 나 역시 동생이 필요해요." 그래서 판사는 돌리에게 닿을 수 없었다. 두 팔로도, 마음으로도. 베레나의 주장은 너무나 결정적이었다.

한밤에 가까운 어디쯤에서 비가 느슨해지다 멈췄다. 바람이 세차게 불어와 나무를 짜고 비틀었다. 무도회에 지각한 손님들처럼 하나둘 나타난 별들이 하늘을 뚫었다. 이제 떠날 시간이었다. 우리는 아무것도 가져가지 않았다. 퀼트 이불은 썩도록, 숟가락은 녹슬도록 놔두었다. 나무 오두막과 숲을 겨울에 맡겨두고 우리는 떠났다.

7

한동안 캐서린은 자신의 투옥 이전과 이후에 일어났던 일로 사건의 날짜를 매기는 습관이 붙었다. "이전에는." 그녀는 이렇게 말을 시작하곤 했다. "저 사람이 나를 감옥에 가두었던 날 전에는 말이야." 우리 나머지로 말하자면, 유사한 줄기를 따라 역사를 나눌 수 있었다. 나무 오두막 이전과 이후라는 기준에서. 그 몇몇 가을날은 기념비이자 이정표였다.

　판사는 자신의 소지품을 챙기려고 갔을 때를 제외하면 아들, 며느리와 같이 나눠 쓰던 집으로 다시 들어가지 않았다. 자식들 사정에도 잘 맞아떨어졌는지 적어도 아버지가 벨 양의 하숙집에 방을 얻는대도 아무런 항의를 하지 않았다. 이 하숙집은 장엄한 갈색 건물로 최근에는 어떤 장의업자가 장의사로 바꾸었다. 그는 그 집은 제대로 된 분위기를 내기 위해서 별로 고칠 필요도 많지 않다고 본 모양이었다. 나는 그 앞을 지나가는 걸 좋아하지 않았는데, 벨 양의 손님들, 마당을 어지럽히는 병 걸린 장미 덤불처럼 가시가 돋친 숙녀들이 새벽부터 저녁까지 마라톤처럼 계속 불침번을 서면서 현관 앞을 차지했기 때문이었다. 그중에 남편을 두 번 여읜 메이미 캔필드라는 과부가 있었는데, 특히 남의 임신을 잘 알아맞혔다. (떠도는 말로는 어떤 남편은 아내에게 이렇게 말했다고 한다. 뭐 하러 의사에게 돈을 써? 벨 양 하숙집 앞을 그저 지나가기만 하면 되는데. 당신이 임신했는지 아닌지 메이미 캔필드가 세상에 금방 소문을 퍼뜨릴걸.) 판사가 거기 이사 갈 때까지는 벨 양 하숙집에 거주하는 남자는 에이머스 르그랑뿐이었다. 에이머스는 다른 세입자들에게 뜻밖의 행운이었다. 세입자들에게 가장 성스러운 순간은 저녁 후 에이머스가 땅에 닿지도 않는 짧은 다리로 그네 의자에 앉아서 자명종 같은 혀를 놀릴 때였다. 세입자 부인들은 서로 앞다투어 양말이나 스웨터를 떠주었고 식사를 챙겼다. 식탁에선 온갖 맛있는 요리가 그의 접시 몫으로 쌓여 있었다. 벨 양은 요리사가 계속 그만두어 골치를 썩었다. 부인들이 끊임없이 부엌에 들어와 자기들의 애완동물을 꼬일 맛있는 요리를 만들겠다며 쑤시고 다녔기 때문이었다. 아마도 판사에게도 똑같이 해주었겠지만 그는 부인들에게 아무런 소용이 없었다. 하루의 시간을 같이 보내자며 들르는 법이 전혀 없다고 부인들은 불평했다.

나무 오두막에서 흠뻑 젖은 마지막 밤 이후 나는 심한 감기에 걸렸고 베레나의 증세는 더 심각했다. 우리를 돌보는 간호사 돌리도 재채기를 연신 해댔다. 캐서린은 아무런 도움을 주지 않으려 했다. "돌리하트, 자긴 좋을 대로 해. 그 사람 요강 비운답시고 가는 길마다 질질 흘리겠지. 내가 손가락 하나 까닥할 거라 기대하진 마. 난 그런 짐은 내려놓았으니까."

돌리는 밤새 일어나서 우리 목이 편해지는 물약을 가져다주고, 우리 몸이 따뜻해지도록 불을 땠다. 베레나는 이전까지는 당연하게 여겨오던 그런 봉사를 이제는 언니가 응당 해야 할 임무처럼 받아들이진 않았다. "봄이 되면." 베레나는 돌리에게 약속했다. "같이 여행하자. 그랜드캐니언에 가서 모디 로라를 찾아갈 수 있을지 몰라. 아니면 플로리다로 가든가. 언니는 한 번도 바다를 본 적 없잖아." 하지만 돌리가 원하는 것은 자기가 있고 싶은 자리에 있는 것이었다. 여행하고 싶은 소원은 없었다. "난 별로 재미없을 것 같아. 더 귀한 광경들을 보고 내가 이제껏 알았던 것들이 부끄러워지는 게 싫어."

카터 의사가 정기적으로 우리를 보러 왔다. 어느 날 아침 돌리는 자기 체온도 재줄 수 있겠느냐고 부탁했다. 돌리의 얼굴이 너무 붉었고 다리에도 힘이 풀려 있었던 것이다. 의사는 돌리를 바로 침대에 뉘었다. 의사가 돌리에게 보행성 폐렴에 걸렸다 하자, 돌리는 아주 재미있는 유머라고 생각했다. "보행성 폐렴이라니." 돌리는 왕진 온 의사에게 말했다. "그거 무척 새로운 병인가봐요. 들어본 적이 없네요. 하지만 죽마를 신고 장난치는 기분이 들어요." 그러더니 잠에 빠졌다.

사흘, 거의 나흘 동안이나 돌리는 깨어나지 않았다. 캐서린이 그 옆에 남아서 간호했다. 베레나나 내가 살금살금 방 안에 들어가보면 캐서린은 버드나무 의자에서 꼿꼿이 앉아 졸거나 낮은 소리로 으르렁거렸다. 캐서린은 지금이 여름이라도 된 양 예수님의 사진을 부채 삼아 돌리에게 바람을 부쳐줘야 한다고 우겼다. 캐서린이 어찌나 카터 의사의 지시를 깡그리 무시해버리는지, 부끄러울 정도였다. "그런 건 돼지에게도 먹일 수 없어요." 의사가 보낸 약을 가리키며 캐서린은 단언하곤 했다. 마침내 카터 의사는 환자를 병원으로 옮기지 않는 한 자기 책임은 없다고 선언했다. 가장 가까운 병원은 100킬로미터 가까이 떨어진 브루턴에 있었다. 베레나는 그곳에 연락해 구급차를 보내달라고 했다. 하지만 그 비용을 결국 아낄 수 있었는데, 캐서린이 돌리 방문을 안에서 걸어 잠그고 가장 먼저 손잡이를 돌리는 사람은 직접 구급차 신세를 질 것이라고 했던 탓이었다. 돌리 본인은 사람들이 어디로 데려가는지도 몰랐다. 어디가 되었든 보내지만 말라고 빌었다. "날 깨우지 마." 돌리가 말했다. "난 바다를 보고 싶지 않아."

그 주가 끝날 무렵, 돌리는 침대에 일어나 앉을 수 있었다. 며칠 후에는 부종 치료약 손님들과 통신 판매를 재개할 정도로 건강해졌다. 돌리는 처리하지 못한 주문서가 쌓여 있자 걱정을 했다. 하지만 돌리의 회복에 큰 공을 세운 캐서린은 말했다. "제기랄, 약을 끓이러 밖에 나갈 때가 아닌데."

매일 오후, 정확히 4시에, 판사는 정원 문 앞에 나타나서 내게 들여보내달라는 신호로 호루라기를 불었다. 그는 정문보다 정원 문을 이용함으로써 베레나와 마주칠 확률을 줄였다. 베레나가 판사의 방문을 반대하는 것은 아니었다. 사실, 베레나는 판사가 방문하면 영리하게 셰리주나 시가 상자를 내놓았다. 보통 판사는 돌리에게 선물을 가져왔는데, 케이티디드 빵집에서 사온 케이크나 꽃, 청동색 풍선처럼 생긴 국화 꽃다발이었다. 캐서린은 이 꽃이 공기 중에 있는 영양소를 모두 먹어버린다는 이론을 내세우며 재빨리 압수해버렸다. 캐서린은 판사가 돌리에게 청혼했다는 사실을 결코 알지 못했지만, 그래도 직관적으로 이 상황이 성에 썩 차지 않았는지 판사가 방문할 때마다 매섭게 보호자 역할을 수행했다. 판사 몫으로 따라놓은 셰리주를 벌컥벌컥 마시든가 대화를 다 가로채곤 했다. 하지만 판사나 돌리나 딱히 사적인 성격의 이야기는 별로 할 게 없었던 것이 아닌가 싶다. 두 사람 다, 애정이 어느 정도 자리 잡힌 사람들이 그러듯이 딱히 들뜬 마음으로 서로를 대하지 않았다. 다른 식이었다면 그는 청혼을 거절당하고 실망한 남자겠지만 돌리 때문은 아니었다. 돌리는 그가 원한 사람이 되었던 것 같다. 세상에 단 한 사람. 그가 묘사한 대로 모든 얘기를 할 수 있는 사람. 하지만 모든 것을 얘기할 수 있게 되면, 더 이상 할 말이 없는지도 모른다. 판사는 돌리의 침대 옆에 앉았다. 거기 있는 것으로만 만족하고 뭔가 즐거운 오락을 기대하지는 않았다. 종종, 돌리는 열 때문에 졸리면 잠이 들었고, 그동안 칭얼거리거나 찡그리면 판사는 돌리를 깨우고 다시 대낮처럼 환한 미소로 맞아주었다.

이전에는 베레나가 우리에게 라디오를 허락해주지 않았다. 싸구려 노랫가락은 마음을 어지럽게 해, 베레나는 주장했다. 더욱이 비용을 생각해봐. 돌리에게 라디오가 필요하다고 베레나를 설득한 사람은 카터 의사였다. 의사는 회복 기간이 길어지리라 예상하고 돌리가 그를 감수하는 데 라디오가 도움이 될 것이라고 했다. 베레나는 하나 구입했다. 상당한 가격을 치렀음엔 의심의 여지가 없다. 하지만 흉측하게 생긴 고깔 모양 상자로 니스가 조잡하게 칠해져 있는 것이었다. 나는 그 라디오를 뜰로 가지고 나와 분홍색으로 칠했다. 그래도 돌리는 그 물건을 방에 두고 싶은지 어떤지 마음을 확실히 정하지 못했다. 하지만 나중에는 빼앗으려야 빼앗을 수도 없었다. 라디오는 돌리와 캐서린이 하도 틀어대서 병아리를 까도 될 만큼 항상 뜨거웠다. 두 사람은 풋볼 경기 중계를 좋아했다. "제발 그만두세요." 판사가 이 게임의 규칙을 설명하려고 들자 돌리가 말렸다. "난 수수께

끼가 좋아요. 모두들 소리를 지르고 아주 즐거운 시간을 보내잖아요. 왜인지 이유를 알면 그렇게 대단하고 행복하게 들리지 않을지도 몰라요." 판사가 약 올라 하는 주된 이유는 돌리가 한 팀만 응원하게 할 수 없기 때문이었다. 돌리는 양쪽 팀 다 이겨야 한다고 생각했다. "다들 착한 애들이잖아요. 확실해요."

어느 오후 라디오 때문에 캐서린과 내가 언성을 높인 적이 있었다. 모드 리오던이 주 음악 경연대회에서 연주하는 방송을 하던 오후였다. 당연히 나는 모드의 연주를 듣고 싶었고 캐서린도 그 사실을 알았겠지만, 툴레인 대학 대 조지아 공과대학 경기에 주파수를 맞추더니 나는 라디오 근처에 얼씬도 못 하게 했다. 나는 말했다. "대체 뭐에 쓴 거야, 캐서린? 이기적이고, 불만투성이에, 항상 자기 마음대로 하고. 베레나보다 더 나빠." 캐서린은 경찰과의 대치를 통해서 잃어버렸던 위신을 대신해 탈보 가에서 자기 권력을 두 배로 강화하려는 듯했다. 우리는 적어도 캐서린의 인디언 혈통을 존중했고 폭정을 받아들였다. 돌리는 기꺼이 그렇게 했다. 하지만 모드 리오던 문제에 관해서는 돌리도 내 편을 들었다. "콜린이 듣고 싶은 채널 듣게 놔둬. 모드의 연주를 듣지 않는 건 기독교인다운 행동이 아닐 거야. 모드는 우리 친구니까."

모드의 연주를 들은 사람이라면 누구나 모드가 1등이라는 데 뜻을 모았다. 모드는 2등을 했지만 그것만으로도 모드의 가족들은 기뻐했다. 음악대학에 진학할 수 있는 반액 장학금을 받았으니까. 하지만 그래도 공평하진 않았다. 모드는 무척 아름답게 연주했고, 더 큰 상을 받은 남자아이보다 훨씬 더 잘했다. 모드는 아버지의 세레나데를 연주했고 내가 듣기엔 그날 숲에서만큼 아름다웠다. 그날 이후 나는 몇 시간이나 모드의 이름을 낙서하거나 머릿속으로 그 애의 매력, 바닐라 아이스크림 같은 머리 색깔을 그려보면서 할 일 없이 시간을 보냈다. 판사도 방송을 들으려고 제시간에 왔다. 돌리는 하늘을 나는 나비 같은 음악과 함께 숲 속에 있었던 우리가 다시 모이기라도 한 기분이 들어 흐뭇해했다는 것을 나는 안다.

며칠 뒤, 나는 길에서 엘리자베스 헨더슨을 만났다. 엘리자베스는 미용실에 다녀온 모양이었다. 머리카락은 돌돌 말렸고 손톱엔 색을 칠해서 무척 어른스럽게 보였다. 나는 예쁘다고 칭찬해주었다. "파티용이야. 네 의상이 준비되었길 바라." 그때야 기억났다. 엘리자베스와 모드가 나보고 와서 점쟁이로 활약해 달라고 부탁했던 핼러윈 파티. "잊어버리진 않았겠지?" 엘리자베스가 말했다. "오, 콜린, 우리 죽도록 일했어! 리오던 아주머니가 와인 펀치도 만들고 계셔. 난 애들이 술에 취해 난리를 피운다고 해도 하나 놀라지 않을 거야. 어쨌든 이건 모드를 위한 축하 파티니까. 개가 상도 탔고. 게다가." 엘리자베스는 거리를 힐끔 훑었다. 고요한 집들과 전화 전봇대의 음침한 광경이었다.

"모드는 떠날 테니까. 대학으로." 외로움이 우리 주위에 떨어졌다. 우리는 헤어져 각자 갈 길을 가고 싶지 않았다. 나는 엘리자베스에게 집까지 바래다주겠다고 했다.

가는 도중에 엘리자베스가 핼러윈 케이크를 주문한다고 해서 케이티디드 빵집에 들렀다. 시시 카운티 부인은 설탕 알갱이가 반짝이는 앞치마를 두르고 오븐실에서 나와 돌리의 상태를 물었다. "기대한 만큼 잘 지내고 있구나." 부인은 탄식했다. "생각해봐, 보행성 폐렴이라니. 내 여동생은 평범하게 누워서 앓는 폐렴에 걸렸었는데. 뭐, 돌리가 자기 침대에 누워 있다니 그건 감사할 노릇이다. 너희들이 다시 집으로 돌아왔다는 것을 알고 한시름 놓았지. 하하, 이젠 그 모든 바보 같은 행동을 웃어넘길 수 있잖니. 이거 봐, 지금 도넛 한 판을 막 꺼냈단다. 내 축복과 함께 돌리에게 가져다주렴." 엘리자베스와 나는 집까지 가는 길에 도넛을 대부분 먹어버렸다. 엘리자베스는 우유 한 잔 마시면서 다 먹어치우자고 나를 안으로 초대했다.

오늘날 주유소가 있는 자리에 헨더슨 가족의 집이 있었다. 외풍이 심한 방이 열다섯 개가 있는 집이었다. 지을 때 대충 못을 박았는지, 라일리가 목공에 재능이 없었다면 길에 떠도는 동물이 들어와 살 만한 장소였다. 라일리는 야외에 창고를 지었다. 작업실 겸 성역의 역할을 하는 공간으로, 라일리는 아침마다 그곳에서 목재를 자르거나 지붕널을 다듬었다. 벽 선반은 지나치게 늘어난 취미 생활의 잔재들로 축 처졌다. 알코올 병에 보관한 뱀, 벌, 거미, 병에서 썩어가는 박쥐, 배 모형. 박제에 대한 소년 시절의 열정은 역한 냄새가 나는 짐승들의 불쌍한 동물원이라는 결과로 이어졌다. 구더기가 피어 털이 푸르고 블러드하운드 개처럼 귀가 축 늘어진 눈 없는 토끼. 일찌감치 묻어버리는 게 좋을 물건들이었다. 나는 최근에 라일리를 보러 몇 번 갔었다. 빅 에디 스토버의 총알은 그의 어깨뼈를 바수었고, 그 저주로 그는 가려운 깁스를 해야만 했다. 라일리 주장으로는 45킬로그램이나 나간다고 했다. 차를 운전하지도 못하고 못도 제대로 박을 수 없었기 때문에 빈둥거리면서 멍하니 생각하는 것 말고는 달리 할 일이 없었다.

"라일리 오빠 보고 싶으면 창고에 가봐." 엘리자베스가 말했다. "모드가 같이 있을 것 같아."

"모드 리오던?" 놀라고도 남을 만한 이유가 있었다. 내가 라일리를 찾아갈 때면 그는 보통 습관처럼 창고에 앉자고 했다. 그래야 여자애들이 우리를 방해하지 않는다는 이유였다. 그곳만은 여자가 문지방을 넘을 수 없다고 라일리는 뽐냈었다.

"오빠에게 책을 읽어주고 있어. 시나 희곡이나. 모드가 최근에 오빠에게 정말 다정하게 대했어. 우리 오빠가 보통 인간의 품위를 갖추고 개를 대해주었던 건 아니지만. 하지만 모드는 지난일은 지난일이라더라. 그렇게 죽다 살아나니까, 사람 성격이 바뀔 수도 있나봐. 섬세한 일들을 좀 더 잘 받아들이는 것 있지. 모드가 몇 시간 동안 책을 읽어주도록 가만히 두더라고."

무화과나무 그늘에 가려진 이 창고는 뒤뜰에 있었다. 가정주부 같은 플리머스 종 암탉 떼가 문간 위에서 뒤뚱뒤뚱 걸으며 지난여름 떨어진 해바라기 씨를 쪼고 있었다. 문에는 빛바랜 하얀 물감으로 쓴 유치한 경고문이 무기력하게 적혀 있었다. 조심! 그 글자에 수줍은 마음이 일었다. 문 너머에서 모드의 목소리가 밀려왔다. 시를 읽는 소리. 학교의 촌뜨기들이 무척 흉내 내기 좋아했던 황홀한 낭독이었다. 라일리 헨더슨이 이렇게 되었다는 소식을 들으면 누구라도 그때 플라타너스 나무에서 떨어져서 애가 머리가 어떻게 되었나보다고 할 터였다. 나는 창고 창문으로 슬쩍 다가가 라일리의 모습을 보았다. 그는 시계 부품을 분류하는 데 홀딱 빠져 있었다. 그의 얼굴 표정으로 보아 윙윙거리는 파리보다 더 고상한 소리는 아무것도 듣지 않고 있는 듯했다. 그는 가려움증을 해소하려는 양 한 손가락으로 귀를 쑤셨다. 내가 창문을 똑똑 두드려 그들을 놀라게 하기로 한 순간, 그가 시계 부품을 내려놓더니 모드 뒤로 돌아가 손을 내려 모드가 읽던 책을 덮었다. 그는 씩 웃으며 한 손으로 모드의 꼰 머리카락을 그러모았다. 모드는 목덜미를 잡힌 고양이처럼 일어섰다. 두 사람의 윤곽은 빛으로 그린 듯 보였고 어떤 광휘에 내 눈이 부셨다. 두 사람이 처음으로 키스하는 것이 아님은 누가 봐도 알 수 있었다.

일주일도 안 된 며칠 전에, 그런 문제에는 라일리가 경험이 있으니까 나는 그에게 비밀을 털어놓고 모드에 대한 내 감정을 고백했다. 저기 있잖아, 라고. 나는 거인이 되어 이 헛간을 잡아 흔들어 부숴놓고 싶었다. 문을 뜯어내고 두 사람에게 욕을 퍼붓고 싶었다. 하지만…… 내가 무슨 이유로 모드를 비난한단 말인가? 모드가 라일리를 얼마나 험담을 하고 다녔든 간에 나는 항상 모드가 라일리에게 마음이 있다는 사실을 알고 있었다. 우리 둘 사이에 무슨 이해가 있었던 것도 아니었다. 끽해야 좋은 친구일 뿐이었다. 지난 몇 년간은 그것도 아니었다. 다시 마당으로 나오는데, 으스대는 암탉들이 약 올리듯 꼬꼬거리며 내 뒤를 따랐다.

엘리자베스가 말했다. "오래 안 있었네. 아니면 걔들 없었어?"

나는 방해하면 안 될 것 같았다고 말했다. "두 사람이 섬세한 일들을 하며 무척 잘 지내더라."

하지만 이 냉소 어린 말은 엘리자베스에게 가 닿지 않았다. 엘리자베스는 감정이 풍부한 외모라 성격도 무척 섬세하게 보였지만 실은 무척이나 직설적인 사람이었다. "대단하다, 그렇지 않니?"

"대단해."

"콜린, 맙소사. 무엇 때문에 코멘소리를 내는 거야?"

"아무것도 아냐. 나 감기 걸렸었잖아."

"음, 그렇다고 파티에 못 오게 되지나 않았으면 좋겠다. 하지만 의상은 갖춰야 해. 라일리는 악마로 분장하고 온대."

"그것 참 딱이네."

"물론 너는 해골 양복을 입었으면 좋겠어. 하루밖에 남지 않았다는 건 알지만······."

나는 파티에 갈 마음이 없었다. 집에 도착하자마자, 자리에 앉아 라일리에게 편지를 썼다. 친애하는 라일리······ 친애하는 헨더슨. '친애하는'은 줄을 그어 지워버렸다. 그냥 헨더슨이면 충분할 것이었다. 헨더슨, 너의 배신을 눈치채지 못하고 지나갈 줄 알았는가. 우리 우정의 기원, 그 영예로운 역사를 기록하고 있으려니 몇 장이 금방 채워졌다. 하지만 어딘가에 실수가 있었으리라는 느낌이 차츰 커졌다. 그렇게 훌륭한 친구가 내게 해코지를 할 리는 없으니까. 편지 끝에 이르자 나는 망상에 빠져 어느새 그에게 가장 좋은 친구라고, 내 형제라고 쓰고 있었다. 그래서 나는 이 헛소리를 난롯불에 던져버렸고 5분 후에는 돌리의 방에 가서 다음 날 저녁에 입을 해골 양복을 만들어줄 수 있겠느냐고 부탁하고 있었다.

돌리는 재봉에 별로 소질이 없어서, 단 줄이기조차 어려워했다. 캐서린도 마찬가지였다. 하지만 모든 분야에서 전문적인 지위에 있는 척하는 것이 캐서린의 기질이었고, 특히 잘하지 못하는 분야일수록 더했다. 캐서린은 내게 베레나의 포목점에 가서 그들이 고른 검은 새틴을 7미터 가져오라고 했다. "7미터면 천이 꽤 많이 남을 테니까. 나랑 돌리가 페티코트 단에 달 수도 있겠네." 그러더니 캐서린은 내 길이와 너비를 줄자로 재는 척했다. 중요한 절차기는 했지만 캐서린은 이 정보를 가위와 천에 어떻게 적용해야 하는지 아무 생각이 없었다. "이 작은 조각 하나만 있으면." 캐서린은 천을 1미터 잘라냈다. "예쁜 속바지 하나 만들 수 있겠네. 그리고 여긴." 싹둑, 싹둑. "……검은 새틴 옷깃 하나 달면 내 구닥다리 날염 옷이 한층 더 멋지게 돋보일 거야." 내게 할당된 양으로는 난쟁이도 부끄럽지 않게 제대로 가릴 수가 없을 정도였다.

"캐서린, 자기도 참. 우리 필요만 생각하면 안 되지." 돌리가 경고했다.

두 사람은 오후 내내 쉬지도 않고 작업했다. 판사는 평소대로 방문을 와서는 바늘에 실을 꿰어야 했다. 캐서린이 멸시하는 업무였다. "낚싯바늘에 벌레를 꿸 때처럼 바늘에 실 꿰려면 소름이 오스스 돋아서." 저녁 시간이 되자 캐서린은 이제 일이 끝났다고 선언하고 강낭콩 줄기 사이를 지나 집으로 갔다.

하지만 끝마무리를 하고자 하는 욕망이 돌리를 사로잡았다. 게다가 수다스러운 감흥까지도. 돌리의 바늘이 새틴 천 안으로 들어갔다 나왔다. 바늘땀처럼 돌리의 문장도 비뚤배뚤 선을 이루었다. "네 생각엔 말이야." 돌리가 말했다. "내가 파티를 하도록 베레나가 허락해줄 것 같니? 이제 나는 이렇게 친구가 많잖아? 라일리도 있고, 찰리도 있고. 카운티 부인과 모드, 엘리자베스도 초대할 수 있지 않을까? 봄에, 정원에서 파티를 하는 거야. 폭죽도 터뜨리고. 아버지는 정말 뛰어난 바느질꾼이었는데. 내가 그런 재능을 물려받지 못했다니 참 아쉽다. 옛날에는 많은 남자들이 바느질을 했거든. 아빠 친구분 중에 퀼트를 얼마나 잘하시는지 내가 다 셀 수 없을 정도로 상을 많이 타신 분도 있단다. 아빠는 농장에서 힘들고 거친 일을 하다 바느질을 하면 마음이 느긋해진다고 하셨어. 콜린. 너 나한테 뭐 약속 좀 해줄래? 난 네가 여기 오는 게 싫었단다. 여자들만 득시글한 집에서 남자아이를 키운다는 게 옳은 행동이라고 생각해본 적 없어. 늙은 여자들 편견 있잖니, 하지만 그렇게 됐지. 어쨌든 이제 그런 일은 걱정하지 않고. 넌 네 앞가림 잘할 거야. 성공할 거야. 네가 약속해주었으면 하는 건 이거란다. 캐서린을 홀대하면 안 돼. 어른이 되었다고 캐서린에게서 멀어지거나 하면 안 된다. 어떤 날 밤에는 캐서린이 어떻게 될지 생각만 하면 자다가도 벌떡 일어난단다. 자." 돌리는 양복을 들어 보였다. "맞는지 한번 보자."

옷은 사타구니가 꼈고, 노인의 속옷처럼 뒤가 축 처졌다. 바짓자락은 선원 바지처럼 너무 넓었고, 한쪽 소매는 손목 위에서 껑충했는데 다른 쪽은 손끝까지 왔다. 돌리도 인정했듯이 무척 멋지진 않았다. "하지만 이 위에 뼈를 그리면……." 돌리가 말했다. "은색 물감으로 말이야. 베레나가 저번에 깃대에 칠한다고 많이 사 왔거든. 현 정부에 등을 돌리기 전의 일이지만. 다락방 어디에 있을 거야, 그 작은 깡통이. 침대 밑을 보면 내 슬리퍼 찾을 수 있을 게다."

돌리는 일어나서는 안 된다는 명령을 받았다. 캐서린조차도 그건 허락하지 않았다. "너까지 야단치면 아무 재미 없을 줄 알아." 돌리는 말하면서 직접 슬리퍼를 찾았다. 법원 시계가 11시를 알렸다. 그 말인즉 10시 30분이라는 뜻이었다. 점잖은 집들은 9시면 문을 닫는 마을에서는 캄캄한 시간이었다. 옆방에선 베레나가 장부를 덮고 자러 간 시간이라 훨씬 더 늦은 시각처럼 느껴졌다. 우리는 리넨 보관장에서 기름 등잔을 꺼내고, 그 떨리는 빛을 따라 까치발로 다락방으로 이어지는 사다리를 올라갔다. 위는 추웠다. 우리는 통 위에 등잔을 놓고 그게 난로라도 되는 양 둘레에 모여 앉았다. 한때 세인트루이스에서 모자를 팔 때 썼던 톱밥 채운 머리 모형들이 우리가 탐색을 하는 동안 구경하고 있었다. 우리가 머리를 들이미는 곳마다 연약한 발소리가 시무룩하게 서둘러 사라져버렸다. 좀약 한 상자가 뒤집어지면서 바닥에 우당탕 떨어졌다. "어머나, 어머나." 돌리가 킥킥대며 소리쳤다. "베레나가 이 소리를 들었더라면 보안관을 불렀을 텐데."

우리는 수없이 많은 솔을 끄집어냈다. 페인트는 엉망진창으로 뒤얽힌 바짝 마른 크리스마스 리스 아래서 찾아냈다. 하지만 알고 보니 은색이 아니라 금색이었다. "물론 그게 더 낫지 않니? 금은 왕의 몸값처럼 어마어마한 가치가 있잖니. 하지만 뭘 또 찾았는지 보렴." 삼끈으로 단단히 묶은 신발 상자였다. "내 귀중품이지." 돌리는 등불 아래서 상자를 열었다. 불빛 속에서 텅 빈 벌집이 드러났다. 말벌 둥지와 정향이 박힌 오렌지. 오랜 세월이 벌써 그 향을 앗아갔다. 돌리는 솜 위에 잘 얹어놓은 푸른색의 완벽한 어치 알을 보여주었다.

"난 규율을 너무 잘 따르는 아이였어. 캐서린이 나 대신 알을 훔쳐다주었지. 크리스마스 선물이었는데." 돌리는 미소를 띠었다. 내게는 돌리의 얼굴이 등잔 연기 구멍에 걸린 나방처럼 보였다. 대담하지만 쉽게 부서질 듯한 얼굴. "찰리는 사랑이란 사랑이 연속적으로 이어지는 사슬이라고 했지. 네가 그 사람 말을 잘 듣고 이해했기를 바라. 왜냐하면 무언가 하나를 사랑하면." 돌리는 판사가 이파리를 들었을 때처럼 소중하게 파란 알을 들었다. "또 다른 것도 사랑하게 되니까. 그게 바로 소유한다는 것이지. 그걸 안고 살아가는 거야. 모든 걸 용서할 수 있어. 음." 돌리는 한숨을 지었다. "우리가 너한테 페인트를 칠한 게 아니다. 난 캐서린을 놀라게 하고 싶으니까. 자는 동안에 난쟁이 요정이 와서 네 옷을 끝마무리했다고 하자. 그럼 캐서린이 난리를 피우겠지."

다시 한 번 법원의 시계가 떠도는 바람결에 그 전갈을 전했다. 음 하나하나가 서늘한 기운 속에 잠든 마을 위에 깃발처럼 펄럭였다. "이거 간지러울 텐데." 돌리는 내 가슴 위에 갈빗대 하나를 그려보았다. "하지만 네가 가만히 있지 않으면 엉망이 되겠구나." 돌리는 붓을 페인트 통에 담갔다 소매와 바지를 따라 쭉 그으며 팔과 다리에 황금 뼈 모양을 그렸다. "칭찬받으면 다 기억해야만 해. 많이 받을 테니까." 돌리는 겸손하지 못하게 자기 작품을 감상했다. "어머나, 어머나……." 돌리는 자기 몸을 껴안았다. 웃음소리가 서까래 위에 뛰놀았다. "보이지 않니……."

내 몰골은 직접 페인트를 칠하다 엉망이 된 사람과 별반 다르지 않았다. 앞뒤 모두 금색을 칠해 번쩍거리는 나는 옷 속에 갇힌 꼴이었다. 나는 돌리에게 손가락질을 하며 이런 진퇴양난에 빠진 것을 탓했다.

"빙그르르 돌면 돼." 돌리가 약을 올렸다. "빙 돌면 마를 거야." 돌리는 행복하게 두 팔을 뻗고 다락 바닥의 그림자를 가로지르며 천천히 꼴사납게 빙글빙글 돌았다. 수수한 기모노 잠옷이 굽이치고 슬리퍼를 신은 마른 발이 비틀거렸다. 그러다 마치 춤추는 다른 사람과 부딪친 듯 비틀거렸다. 돌리는 한 손을 이

풀잎 하프 **181**

마에 짚고, 다른 손을 심장에 대고 넘어졌다.

저 멀리 소리의 지평선에서 기차 경적이 울부짖었다. 그 소리에 나는 정신이 들어 돌리가 눈을 꼭 감고, 경련을 일으키며 얼굴을 떨고 있다는 것을 황망한 정신으로 깨달았다. 나는 두 팔로 돌리를 안고 피처럼 떨어지는 페인트를 돌리에게 묻히며 베레나를 불렀다. 누구 도와줘요!

돌리가 속삭였다. "쉿, 조용, 이제 조용."

한밤의 집들은 갑작스레 측은한 빛을 발하며 재난을 알리는 법이다. 캐서린은 몇 년 동안이나 쓰지 않았던 불을 다 켜며 방에서 방으로 헤매 다녔다. 나는 망가진 의상 속에서 몸을 바르르 떨며 휘황찬란한 현관 복도에서 판사와 함께 긴 의자에 앉았다. 그는 플란넬 잠옷 위에 비옷을 걸치고 즉시 달려왔다. 베레나가 접근할 때마다 그는 어린 소녀처럼 벗은 다리를 얌전히 모았다. 우리의 환한 창문을 보고 모인 이웃들은 살며시 영문을 물었다. 베레나는 현관에서 그들에게 말했다. 언니, 돌리 양이 발작을 일으켰어요. 카터 의사가 아무도 방에 들어가지 못하게 했다. 우리는 그 명령에 따랐다. 캐서린조차도 마지막 불까지 환히 밝힌 후 돌리의 방문에 머리를 기대고 서 있었다.

복도에는 가지가 많이 달린 모자걸이와 의자가 있었다. 돌리의 벨벳 모자가 거기 걸려 있었다. 동이 트고 산들바람이 집 안으로 드문드문 들어오자 거울엔 떨리는 베일이 비쳤다.

그때 나는 돌리가 우리를 떠났다는 사실을 더없이 똑똑히 알았다. 조금 전, 돌리는 우리 눈에 모습을 보이지 않고 스쳐 갔다. 상상 속에서 나는 돌리를 따랐다. 돌리는 광장을 가로질러 교회로 갔다. 이제는 언덕에 다다랐다. 인디언그래스가 아래서 빛을 발했다. 돌리는 그렇게 멀리 떠나버렸다.

이듬해 9월 내가 쿨 판사와 함께한 것은 일종의 여행이었다. 그 사이의 몇 달 동안 우리는 서로 자주 만나지는 않았다. 한 번 광장에서 만났을 때 판사는 언제든지 내가 오고 싶을 때 자기를 만나러 오라고 했다. 나는 그러겠다고 했지만 벨 양의 하숙집을 지날 때마다 시선을 돌렸다.

과거와 미래는 나선처럼 연결되어 있어서, 한쪽 고리가 다음 고리를 포함하기 때문에 앞으로 올 주제를 미리 예언한다는 말을 읽은 적이 있다. 어쩌면 그럴 수도 있다. 하지만 나의 삶은 닫힌 원의 연속처럼 보였다. 자유롭게 나선형으로 발전하지 못하는 고리들. 하나의 원에서 다른 원으로 가려면 스르르 미끄러지는 게 아니라 도약해야 했다. 내 기운을 빼앗은 것은 그사이의 휴지였다. 어디로 뛸지 알기 전의 기다림. 돌리가 죽은 후에 나는 한참 동안 그저 대롱대롱 있을 뿐이었다.

내가 해낸 생각이란 즐겁게 놀면서 시간이나 보내는 것이었다.

필스 카페에서 죽치면서 핀볼 기계로 공짜 맥주를 얻었다. 내게 맥주를 내놓으면 법에 어긋났지만 필은 언젠가 내가 베레나의 돈을 상속받을 테니 자기가 호텔 사업을 하도록 돈을 빌려주지 않을까 하는 꿍꿍이가 있었다. 나는 포마드를 발라 머리를 매끄럽게 넘기고 다른 마을에서 열리는 무도회까지 쫓아다녔다. 늦은 밤에는 여자애들의 창문에 전등 불빛을 비추고 조약돌을 던졌다. 그 동네에서 '옐로 데빌'이라는 술을 파는 흑인을 하나 알아냈다. 차가 있는 사람이라면 누구든 꼬였다.

탈보 가의 집에서는 깨어 있는 한순간도 보내고 싶지 않아서였다. 움직이지 않는 공기가 너무 탁했다. 낯선 사람이 부엌을 차지했다. 종일 노래를 부르는 안짱다리의 흑인 소녀. 불길한 장소에서 그 기운을 부채질하는 아이의 떨리는 노랫소리. 요리사로는 형편없는 아이였다. 부엌의 제라늄도 시들도록 놔두었다. 베레나가 그 아이를 쓰겠다고 했을 때 나는 찬성했다. 그러면 캐서린이 다시 일하러 올 줄 알았다.

반대로, 캐서린은 새로 온 소녀를 내쫓는 데 아무 흥미를 보이지 않았다. 이제 채마밭에 있는 자기 집으로 물러났기 때문이었다. 캐서린은 라디오를 가지고 가서 아주 편안히 지냈다. "이제 짐을 다 내려놨으니 그 자리에 가만히 있겠지. 이젠 난 여가를 즐길 거야." 여가를 즐긴 덕인지 캐서린은 포동포동해지고 발이 부었다. 신발에 금을 내야만 했다. 캐서린은 돌리의 습관을 그대로 이어받았지만 한층 과장된 형태로 발전시켰다. 가령, 단것에 대한 갈망. 캐서린은 드러그스토어에서 저녁을 배달시켜 먹었다. 아이스크림 두 통씩. 돌리의 것이었던 옷에 자기를 억지로 끼워 넣으려 했다. 이런 식으로 돌리와 친구 사이를 언제까지나 유지하려는 듯했다.

우리의 만남은 일종의 시련이었다. 나는 캐서린을 찾아갈 때마다 툴툴댔고, 캐서린이 내게 친구의 역할을 바라며 기대는 것에 분개했다. 그러다 캐서린을 보러 가지 않고 하루가 흘러가도록 놔두었다. 그다음엔 사흘. 한 번에 일주일. 그렇게 오래 만나지 않다가 다시 찾아가면 우리가 앉아 있는 침묵이, 캐서린의 소원한 태도가 나를 비난한다는 느낌이 들었다. 나는 양심의 가책을 너무 심하게 느낀 탓에 진실을 알아차리지 못했다. 캐서린은 내가 오거나 말거나 관심이 없다는 사실을. 어느 날 오후 캐서린은 그를 증명했다. 턱에 채워 넣었던 솜을 빼버린 것이다. 솜이 없으면 다른 사람들이 보통 그 말을 못 알아듣듯이 나도 알아들을 수가 없었다. 내가 짧게만 있다 가려고 핑계를 대기 시작했을 때 일어난 일이었다. 캐서린은 배가 통통한 난로의 뚜껑을 열더니 솜을 불 속으로 뱉어버렸다. 뺨이 홀쭉해지자, 캐서린은 굶주린 사람처럼 보였다. 지금 생각해보면, 복수심 어린 몸짓이 아니었다. 내게 아무런 의무가 없음을 알려주려는 의도였다. 캐서린은 나와 미래를 함께할 마음이 없었다.

이따금 라일리가 나를 차에 태워주었다. 하지만 그나 그의 차에 의지할 순 없었다. 라일리가 사업가가 되면서부터 그도 자주 볼 수 없고 차도 얻어 타기 어려워졌다. 그는 마을 근교에 36만 제곱미터 되는 땅을 사서 트랙터 몇 대로 개간했다. 거기 집을 지을 계획이었다. 몇몇 지역 주요 인사들은 그의 또 다른 계획에 깊은 인상을 받았다. 그는 마을 주민이 모두 주주가 되는 비단 공장을 세워야 한다고 생각했다. 이득을 얻는 이외에도 산업이 있으면 인구가 늘어나리라는 것이었다. 신문에는 이 제안에 적극 찬성하는 사설이 실렸다. 우리 마을은 젊은 헨더슨처럼 사업가 정신을 가진 이를 배출했다는 사실에 긍지를 느껴야 할 것이라고까지 했다. 라일리는 콧수염을 길렀다. 사무실을 빌렸고 동생 엘리자베스가 비서로 일했다. 모드 리오던은 주립 대학에 입학했다. 매 주말마다 라일리는 여동생들을 거기까지 태워다 주었다. 겉으로는 소녀들이 모드를 무척 그리워한다는 이유였다. 모드 리오던 양과 라일리 헨더슨 씨의 약혼은 만우절에 〈쿠리어〉에 실렸다.

두 사람은 6월 중순에 반지를 교환하며 식을 올렸다. 나는 사회자 역할을 맡았고 판사가 라일리의 들러리를 섰다. 헨더슨 자매를 제외하고 신부 측 들러리는 모두 대학에서 알게 된 사교 모임 아가씨들이었다. 〈쿠리어〉는 그들을 아름다운 사교계 데뷔 처녀들이라고 부르며 예의 바르게 묘사했다. 신부는 재스민과 라일락 부케를 들었다. 신랑은 각반을 차고 콧수염을 다듬었다. 두 사람은 탁자 한가득 풍성한 선물을 받았다. 나는 향기 비누 여섯 개와 재떨이 하나를 선물했다.

결혼식 후 나는 베레나의 검은 양산을 함께 쓰고 집까지 걸어갔다. 찌는 듯 더운 날이었다. 열기가 침례교 교회에서 울리는 종소리의 음파처럼 흔들렸다. 남은 여름이, 정오의 거리처럼 경직된 풍경이, 내 옆에 길게 뻗어 있었다. 여름, 또 한 번의 가을, 다시 겨울. 나선이 아니라 양산 그림자처럼 갇힌 원이었다. 내가 도약할 수만 있다면…… 뛰는 가슴을 안고 나는 말해버렸다. "베레나, 나 떠나고 싶어요."

우리는 정원 문 앞에 서 있었다. "알겠다. 나도 그러니까." 베레나는 우산을 접었다. "난 돌리와 여행을 떠나고 싶었어. 돌리에게 바다를 보여주고 싶었어." 베레나는 권위 있는 몸가짐 덕분에 키가 훤칠한 여자처럼 보였었는데, 이제는 살짝 구부정하게 서서 고개를 끄덕였다. 내가 베레나를 그렇게 두려워한 적이 있었나 싶을 정도였다. 이제 베레나는 여성스럽고 두려움에 가득 찬 사람으로 바뀌었다. 좀도둑이 들어올까 무섭다며 문에 빗장을 걸고 지붕에 피뢰침을 달았다. 이전에는 매달 1일이면 집세를 직접 걷으러 다니는 것이 베레나의 관례였다. 이제 베레나가 그만두자, 마을에는 불안감이 일었다. 사람들은 쪼들리는 날이 없어지자 뭔가 잘못되었다고 느꼈다. 여자들은 말했다. 저 사람은 가족이 없잖아. 언니가 없으면 갈 길을 모르잖아. 남편들은 모리스 리츠 박사를 비난했다. 그자가 저 여자 배짱을 무너뜨렸어. 사람들은 말했다. 베레나와 다툼이 많았던 사람일수록, 리츠 박사에게 앙심을 품었다. 3년 전, 내가 마을로 되돌아왔을 때 가장 먼저 한 일은 탈보 가의 서류를 정리하는 일이었다. 그리고 베레나의 개인 소지품과 열쇠, 모디 로라 머피의 사진들도. 그 사진들 사이에서 엽서가 하나 나왔다. 돌리가 죽은 지 두 달 후 크리스마스에 파라과이에서 온 엽서였다. "여기서는 '펠리스 나비다드'라고 한다오. 내가 그리워요? 모리스." 그 편지를 읽으면서 나는 베레나의 눈이 불안정한 시선으로 영구히 굳어졌던 것을 떠올렸다. 내면으로 향하며 괴로워하던 눈. 하지만 라일리의 결혼식 날에는, 눈부신 햇빛에 눈물 고였던 눈이 순간적인 희망으로 똑바로 바라보았던 기억이 났다. "오랜 여행이 될 거야. 몇 가지, 몇 가지 재산을 팔 생각을 했어. 배를 탈 수 있겠지. 너 한 번도 바다 본 적 없지." 나는 정원 문 앞에 핀 인동덩굴에서 나뭇가지 하나를 꺾었다. 베레나는 내가 자기 환상, 우리를 위해 준비했던 항해를 흩뜨리듯 가지를 쪼개는 모습을 바라보았다. "아." 베레나는 뺨에 눈물방울처럼 돋은 사마귀를 쓸었다. "그래." 베레나는 사무적인 목소리로 물었다. "네 야망은 뭔데?"

그래서 9월이 되어서야 나는 판사를 찾아갔다. 원래는 작별 인사를 하려던 것이었다. 여행 가방도 쌌고, 에이머스 르그랑에게 머리카락도 잘랐다. ("자기, 여기 대머리로 돌아오지 마. 내 말뜻은 거기 사람들이 네 머릿가죽까지 벗겨먹으려고 할 거라는 거지. 무슨 수를 써서라도 널 속여먹을 거야.") 새 양복도 샀고 새 신발, 회색 중산모도 샀다. ("너 '고양이 파자마'*는 아니겠지, 콜린 펜윅 군?" 카운티 부인이 외쳤다. "앞으로 변호사가 된다고? 그런데 왜 벌써 그렇게 입었어. 아니, 애야, 너한테 키스는 하지 않으마. 빵 만들다 만 내 꼴로 너의 멋진 의상을 더럽혔다간 창피할 테니까. 편지 쓸 거지?") 그날 저녁 기차가 북쪽으로 나를 실어 갈 것이었다. 육지 저편, 내 승전기를 휘날릴 도시로 행진하게 될 것이었다.

벨 양의 하숙집에 가보니 판사는 벌써 나갔다고 했다. 나는 그를 광장에서 만났다. 다시 보니 마음이 찡했다. 단춧구멍에 체로키 장미를 꽂은 깔끔하고 건장한 신사가, 떠들고 침을 뱉으며 빈둥대는 노인들 사이에 진을 치고 있다니. 그는 내 팔을 잡으며 그들에게서 멀리 데려갔다. 판사가 법학 대학생으로서 보냈던 시절에 대한 충고를 해주는 동안 우리는 교회를 지나 우즈 강 길을 따라갔다. 이 길이나 이 나무. 나는 그들의 모습을 그 상태로 영원히 담기 위해 눈을 감았다. 내가 돌아오리라 생각하지 않았

---

*1920년대, 인기 있고 유쾌하며 새로운 혁신을 따르는 사람을 뜻하는 말.

기 때문이었다. 내가 그 길을 따라 여행을 떠나 나무의 꿈을 꾸다가 그들이 다시 나를 끌어오리라고는 예감하지 않았다.

우리 둘 다 어디로 향하는지 알지 못하는 듯했다. 말없이, 경탄하며 우리는 묘지 언덕의 풍경을 살폈다. 그런 후에는 팔짱을 끼고, 여름으로 타오르고 9월로 반들반들 윤이 나는 들판으로 내려왔다. 마른 소리를 튕기는 이파리 사이로 폭포수처럼 쏟아지는 빛깔이 흘렀다. 그때 나는 돌리가 내게 해준 말을 판사에게 해주고 싶었다. 저렇게 한데 모여 이야기하는 소리가 풀잎하프라고, 이야기를 기억하는 목소리들의 하프라고. 우리는 귀를 기울였다.

남다른 사람들을 위한
세상의 한 자리

이따금 이 넓은 세상에 나 하나 있을 자리가 없다고 느낄 때가 있다. 슬픈 일을 당했어도 위로받지 못할 때, 날씨 좋은 날에 나 하나 찾아주는 사람이 없을 때, 문자 그대로 갈 곳이 없을 때. 세상에는 어울리는 사람들이 있지만, 나는 그 무리에 끼지 못한다. 나를 받아줄 곳이 있을 듯도 하지만, 어디인지 알 수가 없다. 세상은 거칠고 무서우며 내게 등을 돌렸다. 《풀잎 하프》는 이런 쓸쓸한 이들을 위한 위로 같은 소설이다.

  1951년, 당시 스물여섯 살이던 트루먼 커포티는 두 번째 소설을 발표한다. 첫 번째 소설 《다른 목소리, 다른 방》이 발표되고 나서 3년 후였다. 길이가 길지 않으므로 경장편이라 할 만한 이 소설은 트루먼의 어릴 적 친구 숙 포크 양에게 바치는 헌사였다. 어린 커포티는 부모가 이혼한 후 앨라배마의 사촌 집으로 보내진다. 커포티의 어린 시절은 《다른 목소리, 다른 방》 및 〈크리스마스의 추억〉 등 여러 단편에서 묘사된다. 무관심한 부모와 냉정한 다른 친척들 틈에서 어린 트루먼을 감싸주고 사랑해준 사람은 평생 독신으로 산 60대의 여성 숙이었다. 숙 포크 양에 대해서는 적절한 기록이 별로 없지만, 1972년 트루먼 커포티는 〈자화상Self-Portrait〉이라는 글에서 숙 포크 양을 열두 살 난 아이의 지능을 가진 여성이었다고 말하고 있다. 하지만 그런 부분이 바로 그녀의 순수함과 소심함, 기이하고도 예기치 않았던 지혜를 설명해준다고도 했다. 〈크리스마스의 추억〉과 〈추수감사절에 온 손님〉에 묘사된 대로 숙은 친절하고 지혜로우며 신앙이 깊은 여성으로, 어머니와 떨어져 사는 소년에게 어머니 역할을 해주었다. 숙 또한 《풀잎 하프》에 나온 돌리처럼 단것을 좋아했고 부종 약을 만들었다.* 그녀의 어머니 사만사가 죽으면서 딸인 숙에게 인디언들이 약을 만드는 비법을 알려주었고, 숙은 그에 따라 매해 6월에 일에 착수했다. 《풀잎 하프》에 나오는 허브를 따서 모으고 약을 달이는 과정은 실제 어린 트루먼이 숙과 함께 겪었던 경험에서 우러난 진실한 묘사였다. 숙이 1946년에 죽은 이후, 트루먼은 이 다정했던 사촌을 그의 문학의 주요 주인공으로 삼는다. 이 사촌의 따뜻한 부엌에서 트루먼은 처음 인

*The Southern Haunting of Truman Capote, Rudisill, Marie & Simmons, James C.(Nashville, Tennessee: Cumberland House, 2000).

간의 온기를 배우고 이는 그의 인생에서 길이 남는 문학적 유산이 된다. 이 작품은 발표 후, 평단의 호평을 받았고 후에 연극과 뮤지컬로 개작되기도 했다. 또한 커포티의 사후인 1995년에는 영화화되기도 했다.

이 소설은 특히 1930년대에 지어진 나무 오두막을 무대로 벌어지는 사건을 담고 있다. 이 오두막은 사촌의 집 뒷마당에 실제로 있었던 것으로, 트루먼의 다른 사촌,《풀잎 하프》에 나오는 베레나의 모델인 듯한 제니가 술을 꼬여 부종 비법을 알아내기 위해 지었다고 한다.* 숙 사촌과 트루먼뿐만 아니라, 이웃의 친구 넬 하퍼 리까지도 여기서 함께 놀았다. 베넷 밀러의 영화 〈커포티〉(한국판 제목 〈카포티〉)를 보면 하퍼 리는 트루먼의 충실한 친구로서 그가《인 콜드 블러드》를 집필할 수 있도록 돕는다. 두 사람의 우정은 1930년대 유치원에서부터 시작하여 아마 이 나무 오두막에서 꽃을 피우지 않았을까 짐작할 수 있다. 넬 하퍼 리가 앨라배마의 인종 차별을 소재로 한 걸작《앵무새 죽이기》를 썼을 때, 트루먼은 그 작품의 여주인공인 스카우트의 이웃 친구 딜이 자기를 모델로 했다고 주장했다. (안타깝게도, 이 우정은 후에 넬이 문학적으로 각광을 받자 서서히 무너진다. 트루먼은 넬이 평단의 관심을 받는 것을 질투하였으며,

*앞의 책.

그가 집필 과정에 이런저런 조언을 했다는 이유로 자신이 《앵무새 죽이기》에 깊이 관여를 하였다는 소문을 퍼뜨렸다고 한다.)

이처럼 《풀잎 하프》는 《다른 목소리, 다른 방》에 이은 또 다른 자전적 소설이었다. 트루먼 커포티 본인은 1957년에 《인트로 불레틴Intro Bulletin》이라는 문학 잡지와 했던 인터뷰에서 《다른 목소리, 다른 방》보다는 이 작품이 진실하다고 말한 바 있다. 그때까지 자기가 쓴 작품에선 《풀잎 하프》가 유일하게 사실인 작품인데, 사람들은 오히려 이 이야기를 지어냈다고 믿는다고. 두 작품은 동일하지는 않지만 비슷한 주제를 추구한다. 부모를 잃은 소년이 새로운 집에서 대안의 가족을 만나고 성인으로 성장해나가는 과정을 그린 성장소설이라는 점, 이들은 세상에서 외면당한 변두리 인간이라는 점. 하지만 실로 《다른 목소리, 다른 방》의 심리학적이고 환상적인 묘사보다는 《풀잎 하프》 쪽이 더 일상적이고 사실적인 문체를 구사한다. 《다른 목소리, 다른 방》이 꿈과 환상 속에서 무너져가는 집을 그렸다면, 《풀잎 하프》는 소극笑劇적인 일화 속에서 자기 삶을 찾아 나아가는 소년을 그림으로써 좀 더 따뜻한 분위기를 띤다. 두 작품의 성취도에 대한 평가는 엇갈리지만, 나란히 놓고 보면 커포티의 작가적 성장이나 방향을 볼 수 있다. 《풀잎 하프》는 커포티가 2년 정도 시실리에서 지낼 때 썼던 작품이다. 트루먼 커포티는 패티 힐과 1957년 한 인터뷰에서 이 시기가 자신에게 있어서 유일하게 고요한 시절이라고 한 적이 있다. 마감에 덜 쫓기고 평온했던 시절이 이 작품의 전원적인 분위기에 기여했을 것으로 보인다.

《풀잎 하프》는 세상이 받아주지 않은 사람들이 스스로 하나의 공동체를 이루는 과정을 보여준다. 고아인 콜린은 나이 든 여자 사촌들과 함께 살면서 또래와 어울리지 않는 아이가 된다. 돌리는 평생 독단적인 동생의 뒷바라지를 하면서 방 안 구석의 그림자처럼 조용히 살아왔다. 캐서린은 자기는 인디언이라고 주장하지만 남들은 다 아프리카계 미국인이라 보는 여자로 돌리의 유일한 친구다. 이 세 사람이 베레나의 독선적인 행동 때문에 집을 떠나 멀구슬나무 위의 오두막으로 갔을 때 은퇴한 판사 찰리 쿨과 어머니에게 학대받은 기억을 안고 소년 가장으로 사는 라일리가 합류한다. 이들은 모두 사회의 주류에서 벗어난 사람들이다. 거기에 신과 법을 내세우는 마을 사람들 무리가 그들을 억지로 데려가려고 온다. 목사와 보안관으로 대표되는 이 무리는 다르게 사는 사람들을 받아들이지 않고 심지어 억압하기까지 한다. 그들에게 저항하며 다섯 명의 국외자들이 지켜나가려고 하는 것은 삶의 결정을 스스로 내릴 수 있는 선택과 인간적 존중이다.

세상에서 자기 자리를 찾지 못하는 이들은 사회가 정한 기준에 맞지 않기 때문임을 우리 모두 뼈저릴 만큼 잘 안다. 고아, 흑인 하녀, 노처녀 자매. 어린 소녀와 편지 교류를 기쁘게 여겼던 노인 판사 또한 한때는 사회의 주류 인물이었지만 어느새 소외당하고 물러나 있다. 아이다 자매와 열다섯 아이들, 그리고 이 사회의 많은 아이들이 동경하지만 친구는 없는 라일리 또한 진정한 인간 사이의 정을 느끼지 못한다. 이들은 사회에 받아들여지기를 바랐지만, 자기들의 어울리지 않는 점을 지울 수가 없었다. 그런 사람들이 가야 할 곳은 결국 나무 위밖에 없었던 것이다.

그리하여 소설에서 등장하는 나무 오두막이 하나의 배가 되는 환상은 자기를 찾고 자유를 구하는 여행을 상징한다. 어떤 비평에서는 《풀잎 하프》의 돌리를 J. D. 샐린저의 시모어 글래스라는 인물과 비교하기도 한다. 둘 다 사회에 적응하지 못하고, 주위의 억압에 눌리는 순수함을 상징하는 인물이다. 한편, 이 작품의 여러 부분은 마크 트웨인의 소설과 비슷한데, 특히 오두막과 뗏목을 동일시한 부분에 《허클베리 핀》의 유산이 보인다. 소년 허크가 흑인 짐과 함께 자유를 찾아 떠난 뗏목 여행의 정신이 이 작품에서도 엿보인다. 또, 이 작품에 드러나는 소속감에 대한 욕망과 한곳에 머물지 못하는 삶이라는 주제는 1958년 작 《티파니에서 아침을》에 연결된다. 우연인지 필연인지 모르나, 영화 〈티파니에서 아침을〉의 유명한 주제가 〈문 리버〉의 가사에는 "내 허클베리 친구와 문 리버, 나"라는 대목이 있다. 트루먼 커포티 또한 이처럼 가족과 사회에 받아들여지고

자 하는 열망과 한곳에 머물지 않고 계속 떠나가는 여행자적 운명 사이에서 갈등했던 인간이었다.

《풀잎 하프》의 마지막 부분은 지나치게 감상적이라는 평도 있지만 한편으로는 커포티가 숙 포크 양에게 보내는 작별 인사일 수도 있겠다. 1966년 작 〈크리스마스의 추억〉에 보면 숙은 어린 버디가 먼 학교로 떠난 후에 세상을 뜬 것으로 묘사되어 있다. 소년은 자라고 과거의 친구를 잊는다. 하지만《풀잎 하프》를 쓸 때는 적어도 청년 트루먼은 숙의 죽음을 옆에서 지켰던 것으로 그리고 싶었던 듯싶다. 이 의도에 대해서도 여러 가지로 해석할 수 있겠지만, 결국엔 사랑받는 사람들 곁에서 생을 마감한다는 결말은 평생을 조용히 살아오며 한 소년에게 줄 수 있는 애정을 다 주었던 여성의 삶에 대한 경의인 것이다.

희극과 비극, 지역색이 물씬 풍기는 서사와 보편적인 주제, 시적인 문장이 섞인 이 작품을 읽으면서 나는 다시 한 번 "세상에서 한 사람의 자리"에 대해서 생각해본다. 우리는 모두 평생 자기가 있을 곳을 찾아 헤맨다. 세상의 눈에 민감하고 애정에 목말라했던 트루먼 커포티에게만 의미 있는 문제는 아니었으리라. 우리는 모두 이 땅에 살고 스쳐 지나지만, 들판은 우리의 목소리를 기억해준다. 그리하여 바람이 불 때 그 목소리를 다시 풀잎 하프로 되살려준다. 그렇다면 우리는 영원한 여행자일 뿐이라도 그렇게 헛되이 살다 가지는 않은 것, 어딘가에 자기 자리를 찾는다. 돌리가 친구들 옆에 잠들었듯이. 지금 귀를 기울여보라, 여기에 그런 목소리들이 있다.

2013년 6월

박현주

1924 9월 30일 뉴올리언스에서 17세의 어머니 릴 매 포크와 세일
즈맨 아버지 아출러스 퍼슨스 사이에서 트루먼 스트렉퍼스
퍼슨스라는 이름으로 출생.

1928 아버지가 사기죄로 수감되고 부모가 이혼하는 등 어린 시
절 가정이 불안정하여 앨라배마 먼로빌에 있는 어머니의
친척집에 맡겨짐. 먼로빌에서 5년 정도 지내는 동안 커포티
가 어린 시절의 진실한 친구로 표현하는 예순 살의 다정한
친척 '숙', 이웃집에 살던 하퍼 리(《앵무새 죽이기》의 작가)
등과 친하게 지냄. 이때의 기억은 〈어떤 크리스마스〉《다른
목소리, 다른 방》등 여러 작품에서 묘사되고 있음.

1933 재혼한 어머니가 있는 뉴욕으로 가서 어머니와 쿠바 출신
사업가인 새아버지와 함께 살게 됨(커포티라는 성은 이 새
아버지에게서 물려받음).

1935	뉴욕의 트리니티 스쿨에 입학. 그 후 학교를 옮겨 군대식 사립학교인 세인트 조지프 밀리터리 아카데미를 다님.
1939	코네티컷 주 그리니치로 이사해 그리니치 고등학교에 다니면서 학교 문예지인 〈그린 위치〉와 학교 신문에 글을 씀.
1942	뉴욕으로 다시 돌아와 명문 사립고인 프랭클린 스쿨에 입학. 높은 아이큐에도 불구하고, 문학과 작문을 제외한 모든 과목의 성적이 안 좋았음. 12월 즈음 문예지 《뉴요커》에 파트타임으로 작은 일자리를 얻어 사환으로 일하기 시작.
1943	프랭클린 스쿨 졸업. 대학 입학 대신 작가의 길을 가기로 마음을 굳히고 본격적으로 여러 편의 단편을 쓰기 시작함. 자신이 일하는 《뉴요커》를 통해 데뷔하고 싶어 했으나 몇 번의 좌절을 겪음.
1945	1월 《뉴요커》에서 개최한 시인 로버트 프로스트의 낭독회에서 사소한 문제를 일으켜 해고됨. 그해 6월 단편 〈미리엄〉이 처음으로 잡지 《마드무아젤》에 실리고, 이어서 10월 《하퍼스 바자》에 〈밤의 나무〉가, 12월 《마드무아젤》에 〈은화 단지〉가 실리면서 단번에 주목받는 신인 작가로 떠오름.
1948	《애틀랜틱 먼슬리》에 1947년 발표한 단편 〈마지막 문을 닫아라〉로 '오 헨리 상' 수상. 랜덤하우스에서 첫 장편 《다른 목소리, 다른 방》 출간, '전후 세대를 이끌어갈 스타 작가의 탄생'이라는 찬사를 받음. 이 소설은 9주 동안 〈뉴욕 타임스〉

베스트셀러에 오르며 2만 6천 부 이상 팔려, 스물네 살의 젊은 커포티에게 명성을 가져다줌. 특히 책 뒤표지에 실린 커포티의 사진은 소설만큼이나 사람들의 입에 오르내리며 그의 유명세를 형성하는 데 큰 역할을 함. 그해 가을, 동료 작가이자 평생의 동반자가 되는 잭 던피를 만남.

1949   그동안 발표한 작품들을 모은 단편집 《밤의 나무》 출간. 에드거 앨런 포, 윌리엄 포크너 등 남부 고딕 작가들의 후계자라는 평가를 받음. 훗날 커포티는 이 시기의 많은 작품들은 어린 시절 경험했던 불안과 공포의 감정을 반영하고 있다고 말함.

1950   1946~1950년 사이 잡지들에 발표한 여행기를 모은 책 《지방색》 출간.

1951   앨라배마에서 살던 어린 시절의 추억과 향수를 담은 경장편 《풀잎 하프》를 발표하면서 일찍 얻은 명성을 한층 더 공고히 함.

1952   《풀잎 하프》를 연극으로 각색(이후 1971년에는 뮤지컬로, 1995년에는 영화로 제작됨).

1953   존 허스튼 감독의 영화 〈비트 더 데블〉 각본 작업을 감독과 함께함.

1954   1월 커포티의 어머니가 다량의 수면제를 복용하고 사망함.

단편 〈꽃들의 집〉을 브로드웨이 뮤지컬로 개작.

1956   〈포기와 베스〉순회공연 제작팀과 함께 소련 방문 중 《뉴요커》에 기고한 글들을 모은 에세이 《뮤즈들의 노랫소리》 발표.

1958   단편 〈꽃들의 집〉〈다이아몬드 기타〉〈크리스마스의 추억〉과 중편 〈티파니에서 아침을〉을 한 권으로 묶어 《티파니에서 아침을》 출간. 이 소설의 여주인공 홀리 골라이틀리는 커포티가 창조한 인물 중 가장 유명한 사람이 되었고, 소설가 노먼 메일러는 이 책을 보고 커포티를 "우리 세대 작가 중 가장 완벽한 작가"라고 평함. 이 작품은 1961년 오드리 헵번 주연의 동명 영화로도 만들어져 세계적 인기를 얻음.

1959   11월 〈뉴욕 타임스〉에 실린, 캔자스 주 홀컴에서의 일가족 살인 사건에 대한 짧은 기사를 읽고 논픽션 작품에 대한 영감을 얻어, 하퍼 리와 함께 직접 홀컴으로 가서 사건에 대해 면밀히 조사하기 시작.

1965   홀컴 일가족 살인 사건을 6년간 조사한 끝에, 커포티의 문학 경력에서 가장 성공작으로 평가받는 《인 콜드 블러드》를 《뉴요커》에 4회에 걸쳐 분재하기 시작. 커포티 본인이 '논픽션 소설'이라고 칭한 이 작품은 엄청난 호응과 센세이션을 불러일으킴.

1966   《인 콜드 블러드》 단행본으로 출간. 이 작품으로 에드거 앨런 포 상을 수상하고, 커다란 부와 명성을 얻음. 책의 성공

을 자축하기 위해 11월 28일 뉴욕의 플라자 호텔에서 가면
무도회 개최. 당대의 유명 인사들이 한자리에 모인 이 파티
는 1960년대의 '상징적 사건'으로 남음. 이후 한동안 유명
잡지와 텔레비전 토크쇼, 영화 〈5인의 탐정가〉에도 출연하
며 스타 작가로서의 삶을 누림.

1973   여행 에세이와 개인적 스케치들을 엮은 《개들은 짖는다》 출간.

1975~1976 잡지 《에스콰이어》에 '응답받은 기도' 중 네 편(〈모하비 사
           막〉 〈라 코트 바스크, 1965〉 〈순수한 괴물〉 〈케이트 맥클라
           우드〉) 공개. '응답받은 기도'는 《인 콜드 블러드》처럼 커포
           티가 오랜 기간 기획했던 야심작으로, 또다시 '논픽션 소설'
           기법을 써서 상류사회 부자와 유명인들 사이에서 살아가며
           목격했던 사건들을 써내려 했던 책. 이 작품들이 발표되었
           을 때 은밀한 비밀이 폭로된 커포티의 부자 친구들은 격노
           했고, 결국 커포티는 한때 자신이 지배했던 사교계에서 추
           방당함(커포티는 '응답받은 기도'를 끝내지 못했고, 이는
           결국 사후 1986년에 미완성작으로 출간됨).

1980   소설과 에세이를 모은 작품집 《카멜레온을 위한 음악》 출간.

1984   《인 콜드 블러드》 집필 당시 시작되어 오랜 기간 이어져온
           알코올 중독과 약물 중독으로 8월 25일 로스앤젤레스에서
           세상을 떠남.

옮긴이 박현주

고려대학교 영어영문학과 및 동 대학원을 졸업하고, 일리노이 주립대학교에서 언어학을 공부했다. 현재 전문 번역가 및 칼럼니스트로 활동 중이다. 옮긴 책으로는 제드 러벤펠드의 《살인의 해석》과 《죽음본능》, 페터 회의 《스밀라의 눈에 대한 감각》과 《경계에 선 아이들》, 마이클 온다치의 《잉글리시 페이션트》, 존 르 카레의 《영원한 친구》, 켄 브루언의 《런던 대로》, 찰스 부코스키의 《여자들》, 조 힐의 《뿔》, 레이먼드 챈들러 선집(전 6권), 도로시 L. 세이어즈의 《시체는 누구?》《증인이 너무 많다》《맹독》《탐정은 어떻게 진화했는가》 등이 있으며, 지은 책으로는 에세이집 《로맨스 약국》이 있다.

풀잎 하프

초판 1쇄 발행일 2013년 6월 24일
초판 2쇄 발행일 2023년 1월 19일

지은이 트루먼 커포티
옮긴이 박현주

발행인 윤호권
사업총괄 정유한

편집 황경하 **디자인** 윤정우 **마케팅** 윤아림
발행처 ㈜시공사 **주소** 서울시 성동구 상원1길 22, 6-8층(우편번호 04779)
대표전화 02-3486-6877 **팩스(주문)** 02-585-1755
홈페이지 www.sigongsa.com / www.sigongjunior.com

ISBN 978-89-527-6921-3 04840
ISBN 978-89-527-6919-0 (세트)

*시공사는 시공간을 넘는 무한한 콘텐츠 세상을 만듭니다.
*시공사는 더 나은 내일을 함께 만들 여러분의 소중한 의견을 기다립니다.
*잘못 만들어진 책은 구입하신 곳에서 바꾸어 드립니다.